歴史文化ライブラリー

511

戦後文学のみた〈高度成長〉

伊藤正直

吉川弘文館

目　次

高度成長の光と影――プロローグ

高度成長期に書かれた文芸、それも小説が、同時代の経済発展や経済システムをどのように捉えていたのかを検討してみたい、これが本書の狙いである。戦後文学が戦後日本社会をどのように捉えてきたかについては、これまでにさまざまの検討が進められてきたし、多くの論争も存在した。しかし、高度成長期に書かれた小説が経済発展や経済システムをどのように捉えていたのかについては、同時代的認識としてはいうまでもなく、現時点まで含めても、ほとんど何も語られてこなかったように思われる。

こう書くと、経済小説、企業小説と呼ばれる小説はこれまで数多く書かれてきたし、今や花盛りではないか、経済小説論、企業小説論もいくつかあるではないか、という反論がただちに聞こえてきそうである。しかし、エンタテインメントと純文学の差異という問題以前の問題として、経済小説ないし企業小説というジャンルは、「七〇年代後半以降に生まれた比較的新しい分野である」（堺憲一、二〇〇一）という事情が存在する。また、少数の例外を除いて、経済小説、企業小説の大部分は、日本の経済発展や経済システムを素材として、つまり対象とする時期の経済状況や企業行動を理解するための素材というレベルで扱っており、それまでの小説が、政治や思想、あるいは家族や性を主題にしてきたのと同じ観点で、経済や企業を主題としてきたわけではなかった。それゆえ、ここでは、経済小説や企業小説という範疇にあてはまる小説を対象とするのではなく、高度成長期に書かれた小説が、同時期の経済発展や経済システムを、かれらの文学的主題としてどの程度取り込みえたのか、あるいは取り込みえなかったのか、という形で課題を設定したい。

とはいえ、このように限定しても、経済発展や経済システムの領域はかなり広い。また、そもそも高度成長期とはいったいいつの時期を考えているのか、高度成長とはどのようなものであったかを定義しておかなくては、とりあげる範囲を確定できないだろう。戦後日本をどのように歴史区分するかについては、政治史の分野では、五五年体制の成立と崩壊で区分する、経済史の分野では、一九五五年の神武《じんむ》景気から七三年の第一次石油危機のあたりまでで区分する、社会史の分野では、一九六〇年頃から七〇年代後半までの大衆社会の成立と溶解で区分することが多いようである。

この時期区分からも明らかなように、高度成長が終焉してから、すでに四〇年以上が経過している。一九七一年のニクソン・ショックと七三年の第一次石油危機によって世界経済は大きな打撃を受け、それは日本も同様であった。しかし、世界がその後長期にわたるスタグフレーションに悩むなかで、日本は、輸出の拡大や公共投資の増大、企業の合理化などによってこの不況を乗りきり、八〇年代後半には、ジャパン・アズ・ナンバーワンと呼ばれる経済大国となった。同時期、株や土地の価格が実体経済の動きを越えて短期間で急激に上昇するバブルも経験した。この時期の日本経済の豊かさを肯定し、ダイナミックで洗練された資本主義システムとして日本経済を位置づけようとする議論も主流となった。

しかし、この好景気は一九九〇年代に入ると終わりを告げ、その後、日本は「失われた二〇年」と呼ばれる長い不況に突入した。ジャパン・アズ・ナンバーワン、ルック・イースト、トヨティズムといった主張は急速に声をひそめ、日本システムの制度疲労、非市場的システムのゆがみや不公正といった主張が現れた。バブル崩壊後の長期不況、いっかな減らない巨額の不良債権、累積しつづける国債残高・政府債務と財政赤字が、日本経済を

「失われた二〇年」に押し込んだからである。こうして「構造改革論」が登場し、「市場原理主義」的主張、新自由主義的理論が代わって主流となった。二一世紀も二〇年を経過した現在でも、国内的には、バブル崩壊による諸問題の処理はなお終了せず、経済システムの転換は進行中である。国際経済の側でも、九七年夏からのアジア通貨・金融・経済危機、二〇〇八年のリーマン・ショックなど国際金融不安はおさまっていない。長く続いたグローバル化の流れも、トランプ政権の保護主義、イギリスのブレクジット、ヨーロッパの移民排斥など反転現象が世界的に起きている。日本の産業構造も、高度成長期の重化学工業基軸、製造業基軸から大きく転換し、サービス、金融、ＩＴといった非製造業が主軸となっている。

以上のような戦後日本の推移をみるならば、高度成長期をひとまとまりの時代として区分し、そこにどのような時代的特徴が表れているのか、そして、それが現在とどのようにつながっているのかを考えることは、なお必要なことといわなくてはならない。同時期に書かれた小説の具体的な検討に入る前に、まずは、高度成長とはいったいいかなる時代であったのかを概観しておきたい（伊藤正直、二〇〇〇）。

第一にあげるべきは、長期間にわたる高い経済成長の持続である。戦後復興が一段落して不況に陥っていた日本は、一九五五年以降、劇的に景気が転換し、造船・鉄鋼・電気機械・石油化学などの重化学工業を中心に、激しい設備投資が始まった。その後、神武景気（五五〜五七年）を起点として、途中何回かの不況をはさみながらも、岩戸《いわと》景気（五九〜六一年）、オリンピック景気（六三〜六四年）、いざなぎ景気（六六〜七〇年）、数量《すうりよう》景気（七一〜七三年）という大型の好景気が繰り返し現れた。しかもこの間、他の先進諸国の名目成長率が六〜九％だったのに対し、日本のそれは名目で一五％、実質成長率でも一〇％を維持した。この結果、五五年から七三年までの一八年間で、わが国の経済規模は五・八倍にも拡大し、六九年には、GNPはヨーロッパ諸国を抜いて資本主義世界第二位となった。

第二は、この高度成長の過程で、産業構造の重化学工業化が奔流のごとく進んだことである。高度成長期の重化学工業化は、それを推進する三つの主要な柱＝産業連関の三系列をもっていた。第一の系列は、鉄鋼・金属・窯業土石—建築・土木—不動産の連関である。高度成長は、産業関連施設整備を軸とする激烈な開発政策の展開——旧全総、新産都市、太平洋ベルト地帯、新全総、列島改造論——をともなうものであった。第二の系列は、石油—化学・電力の連関である。この連関は、メジャーズの原油支配（原油の低価格かつ安定的供給）を起動力とするエネルギー基盤の全面転換、原料基盤の転換（化学・繊維）のインパクトを直接的に受けることによって戦後新たに形成され、高度成長期の革新投資の一方の牽引力となった。第三の系列は、銑鉄《せんてつ》・粗鋼《そこう》―鉄鋼一次製品―一般機械・電気機械・輸送機械の連関である。この系列は、高度成長期重化学工業化の基本線をかたちづくった。そして、この三系列の相互作用を通じて、生産の増大、雇用の拡大、新設備の導入が絶えることなく進んだ。

第三は、こうした重化学工業化にともなう、主要産業での技術革新と大規模な設備投資の進展が、企業のなかでの仕事のあり方や職場の編成を大きく変化させたことである。とりわけ重化学工業分野では、それまでの熟練労働の多くは無効となり、現場労働のあり方が大転換した。たとえば鉄鋼業では、高炉の大型化にともなう計装化の進展は、従来肉眼に頼っていた高炉の操業を制御装置による遠隔操作に変えることを可能にした。ＬＤ転炉への転換は、炉前作業を大幅に簡素化し、従来の熟練をまったく異なった体系のものに変えてしまった。こうした仕事内容の変化は、鉄鋼業だけでなく、重化学工業を中心に多くの産業分野で進行した。そして、こうした新設備・新技術の導入とそれにともなう労働内容の変化は、年功賃金体系の再編、生産性向上運動＝ＱＣ（Quality Control）活動の展開をもたらし、日本的労使関係ないし企業内協調的労使関係を確立させていった。

第四は、このような労働と職場の変化が、農村から都市への大規模な人口移動を引き起こしたことである。一九五五年から七〇年にかけて、農林部門の就業人口は六〇二万人減少したが、これは非農林部門の就業人口増一八八七万人の三分の一に達した。この数字は、労働者が農林部門から非農林部門に流出したことを示しているようにみえる。だが、農村から都市へと移動したのは、既存の労働者ではなく若い人々、すなわち新規学卒労働者であった。高度成長前期には中卒が、後期には高卒が主力となった、この新規学卒労働力の供給は、年々一一〇〜一四〇万人にのぼった。地方や農村から吸収され、急増したこれらの若年新規労働者たちは、三世代同居といったそれまでの大家族から切り離され、寮生活そして核家族といった形で各個人の生活を形成していくことになった。こうして都市化と消費革命による生活様式の大転換が進行していった。

第五は、高度成長の持続とそれにともなう産業構造の変化、職場と仕事の変化が、日本社会の政治的対抗関係の軸を大きく旋回させていったことである。敗戦から一〇年、講和・独立から数年後の保守政党＝政権党の政治目標は、その内部にかなりの幅を含みながらも、自立であり、改憲であり、旧体制への「復古」であった。対抗する側は、反戦平和であり、中立であり、民主主義的「進歩」であった。しかし、この対抗の構図は、六〇年安保反対闘争を契機に大きく変容する。六〇年七月、岸信介内閣にかわって登場した池田勇人内閣は、「寛容と忍耐」を掲げ、同年末には一〇年間で国民所得を倍増するという「所得倍増計画」を発表した。六月には、貿易為替自由化計画大綱が決定されており、対外的にも一人前の経済国家への転換が図られた。こうして、六〇年代には、租税特別措置、人為的低金利政策、財政投融資などの財政金融政策を通じた戦略産業の育成、全国総合開発計画（六二年）、新全国総合開発計画（六九年）に代表される地域開発政策の展開によって、成長と開発が推し進められていった。

このように高度成長を捉えるとすると、この時期の経済を特徴づけることがらとして、産業構造の重化学工業化、工業地帯、終身雇用制・年功賃金・企業別組合、出稼ぎ・集団就職、都市化と都市サラリーマン、団地生活、核家族の形成、家庭電化、官民協調、計画経済などをあげることができる。しかし、文学者が、「時代のもっともよき観察者」であったとしても、特定の文学作品に、これらが包括的に主題化されるということは、これまでなかったし、現在でもないだろう。

そこで本書では、産業構造の重化学工業化にともなう労働の質的変化、都市化の進展とその下での日本型近代家族の形成と変容、高度成長期統治システムの形成とその特質という三つに焦点を絞って、上述の課題に接近することとしたい。ただし、その前提として、高度成長期に突入する以前の「戦後文学」が、同時代の日本社会をどのように把握しようとしてきたのか、何を主題としてきたのかを、まずはみることとしよう。

「戦後文学」論争の射程

文学と経済

いわゆる「戦後文学」が焦点としてきたのは、もともと「政治と文学」であり、経済ではなかった。一九五〇年代前半の国民文学論争から六〇年代初めの戦後文学論争に至る論争を一瞥すれば、そこでは、民族であれ、民主主義であれ、政治ないし政治革命との関わりこそが主要課題となっており、経済成長や経済構造の近代化の問題は、それ自体としては、ほとんど射程に入っていなかった。

戦後文学　戦後日本文学を、一九八〇年代に再把握した優れた評論である西川長夫《にしかわながお》（一九八八）は、一九四五年から六〇年までの日本のイデオロギー状況を、「進歩と反動、革新と保守といったきわめて明確な二項対立的な関係」が存在した時代ととらえている。この西川の把握は、決して西川独自のものではなく、西川が引用している本多秋五《ほんだしゅうご》（一九六四）においても、「戦後文学の特徴」として、①いわゆる〈政治と文学〉についての鋭い問題意識、②いわゆる実存主義的傾向、③在来の日本的リアリズムと私小説の揚棄、正確にはそれへの希願、④政治、異国的素材、性、軍隊・天皇制などへの文学的視野の拡大、の四点を強調している。

西川の簡潔な総括に従えば、一九四五年から六〇年辺りまでは、「進歩と革新の側にあったのは、西欧近代社会、民主主義、合理主義、反戦—平和、自由、自立した個人、等々の解放的理念（いわゆる戦後価値）であり、新しい憲法によって代表される価値観」であった。これに対し、「他方、保守と反動の側にあったのは、アジア的封建遺制、古い家族制度と村落共同体的な人間関係、資本主義、戦争と軍隊、等々の戦前戦中の価値観、絶対主義あるいは帝国主義的な抑圧と侵略のイメージ」であった。戦後文学は、このような形で当時のイデオロギー状況を把握し、それと格闘しつつ自己実現を図っていったとしたのである。もっとも、本多秋五（一九六二）は、戦後文学論争のただなかで、「『近代文学』の批評家のうち、自分の理想を「共産主義と西欧的な個人主義との結婚」という形で考えたものは、おそらく一人もいなかった」として、すぐ後に見る佐々木基一のような近代主義理解に対して、異議を申し立てているのではあるが。

六〇年安保

こうしたイデオロギー状況は、一九六〇年安保闘争を契機に大きく変化する。これも、西川の把握に従えば、「経済的な成長と国内的国際的な政治情勢の変化が、かつてのイデオロギー的な対立の構図を支えていた物質的精神的基盤を崩壊させ」たためであったという。すなわち、①戦後一五年という時間の経過が、戦争や敗戦の記憶を風化させた、②経済的な高度成長とそれに伴う大衆―消費社会の出現は、〈富〉のシンボルとしてのアメリカを前面に押し出し、文学は「アメリカの影」を帯びるようになった、③労働・農民運動、あるいは市民闘争の結果としてではなく、大衆社会化現象の結果として、それまで大きな課題となっていたはずの封建的家族制度や村落共同体が崩壊した、④「戦後文学」と共産党の蜜月時代が終焉し、戦後デモクラシーや社会主義の理想が危機に陥った、というのである。

じつはこうした把握も、西川独自のものではない。一九六二年に始まったいわゆる戦後文学論争において、その口火を切った佐々木基一《ささききいち》（一九六二）は、次のように述べている。「『政治と文学』論から『組織と人間』論への転回は、すでに一九五一、五二年の間に準備されたといっていい。もちろん、その間に、朝鮮戦争を契機とする日本経済の急速な復興と、それにともなうマスコミの異常な発達があったことをみのがすわけにはいかない。また一九五〇年の党分裂以来、日本共産党が実質的な力と権威とを著しく失ってきたことも考慮に入れなければならない。かくて、コミュニズムとの対決という主題が希薄化するとともに、マスコミないし大衆社会的情況との対決という主題が正面に出てきて、『政治と文学』論がやがて『組織と人間』論へと看板をぬりかえる素地ができたのである」。「彼ら（戦後文学者―引用者）は大部分、彼らの観念と思想を五〇年以降変化した戦後社会によく適合させることができなかった。……何故、彼らは、仕事を中絶するか、新しい情況に順応して俗化するか、ひとつの場所にとどまって、永遠にみはてぬ夢をみるか、するよりほかにすべがなかったのか。……戦後文学全体を、出発当初におかしていた魔は、おそらく彼らの胸底にみはてぬ夢としてこびりついた『近代』の概念にある」。続いて、この論争に参入した磯田光一《いそだこういち》（一九六三）も、「あらゆる『中世』的なものを『悪』としか見ない、近代ヒューマニズム」の典型として戦後文学を批判し、奥野健男《おくのたけお》（一九六三）も、野間宏《のまひろし》や堀田善衛《ほったよしえ》の著作を、『政治と文学』理論破産の典型例として論難した。

もちろん西川は、このような佐々木や奥野の立論に単純に与しているわけではなく、「仕事を中絶」、「新しい情況に順応して俗化」、「ひとつの場所にとどまって、永遠にみはてぬ夢をみる」と佐々木が非難した戦後文学者たちが、一九七〇年代以降、次々に大著を完成させたことの意義を評価するとともに、当時の論争における大江健三郎《おおえけんざぶろう》や高橋和巳《たかはしかずみ》のポジションにも肯定的な位置づけを与え、「戦後文学の成熟・発展期としての六〇年代という観点」の必要性を訴えている。とはいえ、他方で、西川は、一九六〇年以降のイデオロギー状況について、「はっきりしたことはいえない」と、その位置付けを明確にしておらず、六〇年代文学の代表例としてとりあげているのは、深沢七郎《ふかざわしちろう》、大江健三郎、三島由紀夫《みしまゆきお》、小島信夫《こじまのぶお》の四者にとどまっている。一九六〇年代の文学を、この四者で代表させることができるかどうかは、六〇年代の高度成長をどのように理解するかに関わってくる問題であろう。

文学からみた高度成長

組織と人間

このように議論されてきた問題を、本書で課題とした「高度成長期の経済発展や経済システムを文学はどのように捉えてきたのか」という問題に組み替えて検討するためには、どのような補助線を引けばいいのか。もう一度、佐々木基一（一九六二）の議論に戻ってみよう。佐々木は、一九五三年暮れに書かれた伊藤整《いとうせい》の「組織と人間」論を評して、「『政治と文学』論の主題が『組織と人間』論へと移ったことは、たんに表現が別様に書きかえられただけではなかった。そこにはまさに『変質』と呼ぶにふさわしい重大な変化がふくまれていた。『政治と文学』論の場合には、……まだ、政治と文学との有機的な相互関係が保たれていた。対立しながらも、相互に浸透し、相互に規定し会う関係が、あった。しかし『組織と人間』になると、それはもはやひとつの固定した図式でしかない。個人の力をもってしてはいかんともなしがたい非情なメカニズムと、それにとらえられた無力な人間という、スタティックな対立の図式によって、現実が解釈されるだけであって、それは人間をとらえるメカニズムを永遠に固定化し、人間を無力な存在として永遠に固定化する一種の宿命論だった。……『組織と人間』論は現実の図式的固定という点において、かつての『政治と文学』論からの一歩後退であり、本質的には状況への順応にほかならなかった。……新人たちのいわゆる『組織と人間』小説は、戦後文学のカリカチュアにすぎない」と、強い批判を提起した。

だが、本当にそうだろうか。『組織と人間』論は『政治と文学』論からの一歩後退なのか。「『組織と人間』小説」は戦後文学のカリカチュアか。六〇年安保闘争への否定的総括を媒介として導き出された、このような佐々木の評価のしかたの方が問題だったのではないか。『近代文学』の年少側の同人であった佐々木の批判は、伊藤整批判という形をとった年長の『近代文学』同人批判、とりわけ平野謙《ひらのけん》批判としての性格をもっていたため、伊藤整の直感を正しく受け止めきれなかった嫌いがある。この佐々木の伊藤評価に対し、本多秋五（一九六四）は、伊藤の「組織と人間」論文を、「ユーモア随筆だと思う」、「そこに現代社会に対する伊藤整の切実な認識の一端が語られているのは事実だが、こんなことを彼は額面通りに信じているわけではない」として、伊藤整の「多重性と屈伸力」に着目すべきとしている。この本多の伊藤評からわかるように、伊藤整自身の表現方法ないし文体の側にも、佐々木が、このように伊藤を論難する理由があったともいえる。

変容する純文学

佐々木によって、否定的にとりあげられた伊藤整（一九六一）は、戦後文学論争に先行して起こった純文学論争のなかで、高度成長期サラリーマンの生活意識の変容を次のように述べている。「現代社会の実務に携るホワイトカラーの生活意識は、大衆文学的なものより、もつとナマなもので、もつと実証的なものである。形体の抽出より、力のあり方のエッセンスに彼等は興味を持つてゐる。倉庫にある貨物の山よりも、帳簿の上の貨物の数量、手形、株などに抽象化した貨幣の支配力に関心を持つてゐる生活者たちである。また商略、政策、駆け引きのロマンチシズムが彼等の関心のまとである」。

この伊藤の評論は、直接には松本清張《まつもとせいちょう》に代表される推理小説をどう評価するかに関連してなされたものであった。「松本清張、水上勉といふやうな花形作家が出て、前者が、プロレタリア文学が昭和初年以来企てて果たさなかった資本主義社会の暗黒の描出に成功し、後者が私の読んだところでは「雁の寺」の作風によって、私小説的なムード小説と推理小説の結びつきに成功すると、純文学は単独で存在し得るといふ根拠が薄弱に見えて来るのも必然のことなのである。私の言ひたいことは次の点である。今の純文学は中間小説それ自体の繁栄によつて脅かされてゐるのではない。純文学の理想像が持つてゐた二つの像を、前記の二人を代表とする推理小説の作風によってあつさりと引き継がれてしまつたことに当惑してゐるらしいのである」。ここで伊藤が触れている松本清張については、本書の最後で触れることにしよう。まずは、伊藤の指摘する「高度成長期サラリーマンの生活意識の変容」の問題から始めることにしたい。

重化学工業化と仕事の現場

「サラリーマンの生活意識の変容」は、戦後日本における産業構造の変容、端的には重化学工業化の進展によってもたらされる。この過程での、労働と労働意識その両者の変容を、文学はどのように捉えてきたであろうか。熊沢誠《くまざわまこと》（一九八六）は、この点に関して先駆的な検討を行っている。熊沢「小説のなかのサラリーマン像」は、城山三郎《しろやまさぶろう》と佐木《さき》隆三《りゅうぞう》をとりあげて、「昭和三〇年代から五〇年代にいたる日本のサラリーマン像そのものの変化」、「作家によるサラリーマンの把握のしかた」を検討した。熊沢の視点は、「産業社会における、とくに生産点の分業を基礎として作られている階層性というものの認識」が、これらの小説において、どの程度リアリティをもって把握され、造形されているかに置かれた。

城山については、『輸出』と『毎日が日曜日』が素材とされ、『輸出』には高い評価を与えつつ、後者の『毎日が日曜日』に対しては、「背景と人物、人物と人物の関係が緊密に組み合わされた、緊張に満ちた労作」であるにもかかわらず、「主人公が機構の非情を見つづけてきた者、『輸出』以来の怨念を抱えてきた者としての凄みをもたない、評すれば『いい人』としか言いようのない人間像に仕立てられている」、「大義名分のひとつの説得性に屈し」、「割り切ろうとする努力、それに救いを与えようとする城山三郎の努力」に共感することはできないとしている。

佐木については、『大罷業《だいひぎょう》』から『ジャンケンポン協定』を経て『冷えた鋼塊《こうかい》』に至る二〇年間の彼の小説群を丁寧にトレースし、出発点の『大罷業』が、「八幡《やわた》製鉄大争議の経過、すさまじい弾圧の労使関係、工場における監視の労務管理、労働そのものの重筋的で過酷だったようす」などを描ききった「〈戦前の労働〉に関する第一級の資料」であるだけでなく、「労働者階級のなかの階層というものの存在」を鋭敏に検出し、〈戦後の労働〉把握への射程を広げたものとして高い評価を与えた。しかし、こうした佐木に対する高い評価は、二〇年後の『冷えた鋼塊』で反転する。「佐木隆三が昭和五〇年代にいたってついに発表した長編『冷えた鋼塊』（集英社文庫）が、昭和三〇年代、四〇年代に抽出された彼の労働者たちはどこへ消えたのかと疑わせるまでの、何とも不確かな作品となっているように思われる」とし、その理由を「現場労働者の情念や発想の独自性が、産業の要請と技術の論理の独走に拮抗して確執のドラマをつくるはずであったが、それは果たされていない」ことに求めている。

なぜそうなったのか。結論としては、城山においても佐木においても、「昭和三〇年代の労働者文学は昭和五〇年代の企業小説に吸収合併されていった」こと、「作家の関心において労働（者）問題が経済・産業・企業問題に拡散または融合したことであった」ことに、熊沢は否定的な総括の根拠を求めている。もちろん、この評価は、小説としての完成度、成熟度とは別次元のものであるが、こうした熊沢の把握がどこまで正鵠を得ているかを見直すことから、当該期の労働をとらえた作品をみていくことにしたい。

石油化学産業の技術者重役像——伊藤整『氾濫』

伊藤は評論家であると同時に実作者でもあった。伊藤は、この時期、新しい時代と時代意識を把握するためにどのような試みを行っていたのであろうか。小説『氾濫《はんらん》』をとりあげて、この点を検討してみたい。

『氾濫』の主題

『氾濫』は、一九五六年一一月から雑誌『新潮』に発表され、五八年七月に完結、同年一〇月新潮社より単行本として刊行された。単行本化の翌年一九五九年に、『氾濫』は増《ます》村保造《むらやすぞう》監督によって、同名のタイトルで映画化（大映）され、ヒットした。主人公の真田佐平は佐分利信《さぶりしん》、久我象吉は中村伸郎《なかむらのぶお》、妻文子は沢村貞子《さわむらさだこ》、娘たか子は若尾文子《わかおあやこ》、華道師匠瀬山玄花は伊藤雄之助《いとうゆうのすけ》、ピアノ教師坂崎幹男は船越英二《ふなこしえいじ》、私大助手種村恭助は川崎敬三《かわさきけいぞう》、西山幸子は左幸子《ひだりさちこ》であった。

鳴海仙吉シリーズを書き終え、チャタレイ裁判を闘い、『ジョイス研究』、『日本文壇史』を上梓した後の著者五〇代、円熟した力量が遺憾なく発揮された作品であった。物語は、高分子学会の場面から始まる。冒頭の記述は、きわめて手際よく、『氾濫』の主題や構成を示しているので、やや長くなるが、まず、冒頭部分の引用から始めたい。

図1　伊　藤　整

高分子学会の開かれている成律大学というのは、私立大学の中で経営が楽だと言われる学校であり、戦後初めて工学部を置いたので、工学部の校舎は新しかった。旧東京市内のことで、敷地には余裕がない。しかし、外濠を見下す岡の斜面に建った湾曲した正面を持った扇形の六階建ては、大変目立った。ここを訪ねて来たのは初めてだが、真田佐平はこの建物を何度も遠くから眺めたことがあった。……

真田は直感的に、接着剤の部会だな、と思った。化学屋の中の山師的な連中がいま手頃な金儲けの発明探しに、接着剤の畑に集って餌をさがしている。ポリエチレンの接着剤に十万ドルの懸賞金がかけられる、というような発明狂的な空気が国際的に動いているのは、この分野なのだ。理論は、この分野では、ほとんど役に立たない。設備というものもまた、二坪の実験室で間に合うかもしれないのだ。着想とカンに自信のある連中、大会社に入り込めなかった二三流の頭の化学屋が、一旗挙げようという気持でこの分野に流れ込んでいる。その外にも、街の玩具屋などで、手頃な金属の接着剤があったらと思っている連中が、工夫の種になりそうなものを求めてやって来ている。……

戦争後間もなく、戦争中の欧米の合成樹脂系の研究の目を見張るような進歩が分り、繊維業者、建築業者が海外の特許をもとめて右往左往した時、大学の研究室は何の役にも立たなかった。学者たちは業者の研究室に立ち遅れそうになった。やむを得ぬ形で私企業の実験室と大学の研究室が協力しはじめた。高分子学というものが大体形をなし、合成樹脂の古い研究家である沼田博士を会長として会を作り、久我象吉が「高分子学」なる研究雑誌を学会の機関雑誌として作り出した時、真田佐平は、久我象吉の協力者として、その雑誌に力を貸した。そして、合成樹脂系の接着剤の接着力と化学構造の関係についての推定的な理論を述べた真田の研究論文がそれに掲載された。……そのうちに、アメリカの学者からその雑誌をもっと送ってほしいという問い合せがあり、それについでフランスやスイスから賞賛の手紙が来た。そして、一流のK新聞のその年の学術賞が真田のその論文に与えられた。真田を推したのは、合成樹脂の粘着成分の分析的な研究を長いこと続けた旧師の沼田博士であった。……

しかし、真田佐平の身の上の本当の変化は、その後でやって来たのだった。それは、彼の会社三立化学が、その有名になった彼の名を利用して、シバのアラルダイトやシエルのエポンを凌ぐような効果率を持った軽金属接着剤を作るように真田を駆り立てたこと、そして一年近い実験の後に真田佐平がその試作に成功したことだった。軽金属と軽金属、軽金属とゴムが、ほとんど圧力も加熱もなしに完全に接着した。それはちょうど日本の自動車工業が、戦後の虚脱から立ち直り、朝鮮戦争の車両修理で駆り集めた熟練工やアメリカ軍の収容解除で戻された工場などを使って、国産自動車の改良に乗り出そうとした時であった。効果率がエポキシ系の外国品と同様であり、値段が三分の一にしか当らない真田の創り出したサンダイトは、自動車やラジオや洗濯機や冷蔵庫などの輸出工業の発展の波に乗って、製造が間に合わないほどの需要があった。三立化学も、親会社の三立合板も、サンダイトの登録を会社の名でするに当っては、国内では革命的なものであったこの製品と、真田のネームヴァリューを高く評価して、目を見張るような待遇をした。五百万円の一時金の外に、親会社の三立合板の株一万株と、ちょうどサンダイトの売り出しに当って増資した三立化学の新株三万株を彼に与えた。そして真田を技師長兼任のまま取締役にした。

これが、物語の出発点である。『氾濫』の主人公であり、技術者上がりで中堅化学企業の重役となった五十代の真田佐平、佐平の妻文子、一人娘たか子、真田の大学時代からの旧友で官立大学教授久我象吉、恩師沼田博士、私立成律大学教授木瀬喬作、真田の不倫相手で子どものいる学校教師西山幸子らも、冒頭章で登場し、主人公一家は、江東区の小さな借家から杉並の洋館に引っ越すことになる。

図2　『氾濫』（新潮社，1958年）

化学産業技術者重役の仕事と暮らし

こうして物語は、動き始める。富と名声を得た主人公をめぐる家庭、交友、恋愛、仕事が、多角的な人間関係の解剖、各登場人物の心理描写によって、詳細にたどられる。小さな町工場の技師の妻と娘として地味だった二人は、重役夫人、重役令嬢へと変貌を始め、平和だった家庭には、怪しげな生け花の師匠、ピアノ教師、茶道の師匠などが出入りするようになる。妻はピアノ教師と浮気して捨てられ、娘も、野心家で好色な私大助手に弄ばれる。

工学系の大学研究室と民間企業の関係のあり方も、この物語の重要な柱のひとつである。官立大学教授で真田の旧友久我象吉は、暗黙のうちに、真田への学位授与、母校の講師枠確保と引き換えに、恩師沼田博士の生活救済を名目として、金を無心しようとする。久我とバーのマダムとの不倫の処理のためであるが、それを自分で行うことなく、研究室助手の朽木与吉にやらせる。研究活動をめぐる官学と私学の格差、学部の中での講座新設のしかたや研究者評価の問題、学会運営のありかたも、話の展開の中で不可欠の系論として登場する。

さらに、真田は、富と名声を得た後も、技術者・研究者としてのアイデンティティを保持したいという気持ちを維持しており、防錆剤《ほうせいざい》の研究に乗り出す。しかし、この研究の展望は一向に見えず、真田の社内的地位も不安定化する。他方、真田の不倫も、不倫相手の幸子が真田との肉体交渉を拒むようになり、ただ父親か保護者のような関係を望むようになって自然消滅に近くなる。

しかし、こうした展開は、一九世紀イギリス風俗小説、たとえばジェーン・オースティン『高慢と偏見』のように、カタルシスをともなう結末を迎えることはない。古典的小説であれば、防錆剤の実験に失敗した主人公は技術重役の職を追われ、願望した学位と講師の位置を得ることもかなわず、不倫相手には去られ、唯一のよりどころとしての家庭も妻の不倫と娘の虚飾によって崩壊する、はずである。しかし、小説は、娘たか子と私大助手種村恭助の結婚式の場で終わる。真田夫妻をはじめ、妻文子の不倫相手であったピアノ教師板崎、新郎恭助の従妹で彼の性のはけ口であった京子、媒酌人としての久我夫妻は、それぞれに不安を抱えつつも、いずれも何事もなかったかのように勢ぞろいし、事態はすべて宙ぶらりんのまま、大団円を迎えるのである。

では、『氾濫』は、伊藤自身の設定した「組織と人間」の関係を描くのに成功したのか。その主題の設定により、高度成長に突入した当時の日本経済の姿、その中での「実務に携るホワイトカラーの生活意識」を、どの程度内在的に描きえたのか。まず、確認されなくてはならないのは、『氾濫』が書かれたのは、一九五六年から五八年にかけて、神武景気によって、まさに高度成長がスタートした時期だったことである。一九七〇年代初めまで二〇年近くにわたって高度成長が続くとは、まだ誰ひとりとして予測していない時期に、この小説は書かれている。

高度成長期の化学産業

伊藤がとりあげた化学産業は、大戦により国際的な技術移転から遮断され、戦後日本には事実上存在しなかった分野であった。一九五七―六〇年頃の技術のうち、戦前日本にまがりなりにも同系統の技術が存在していたのは、高圧ポリエチレン、エチレンオキサイド、エチレングリコールの三つのみで、合成ゴムやポリエチレンは工業化されないままに終わっていた。『氾濫』で主題となる高分子化合物については、伊藤が的確に叙述しているように、軍需と結びつきつつ、軍需用溶剤、軍需用ゴム接着剤などで細々と続いていたに過ぎなかった。それゆえ、欧米で大戦中から一九五〇年代前半の時期に開花した技術革新の成果を、日本はその後ほぼ一〇年の間、連続的に導入し続けることになった。

こうした状況のなかで、五〇年代半ば以降、ナフサ分解を中心技術とする石油化学工業が新たに出現するが、この出発点となったのは、五五年七月の通産省「化学工業の育成対策」であった。外資法の輸入規制を適用しないという例外的特典を与えつつ、慎重な需要予測の下で、通産省は導入技術の選定から価格や時期などの導入条件に個別的に介入することにより、新規参入規制・設備投資規制を行った。こうした規制の下で、日本石油化学、三菱油化、住友化学、三井石油化学の先発四社がほぼ横一線に並んで活動を開始した。しかし、合成繊維、合成樹脂、合成ゴム、合成洗剤など、市場の拡大は予想を上回るものとなり、六〇年代に入ると、東燃《とうねん》石油化学、大協《だいきょう》和《わ》石油化学、化成水島《かせいみずしま》、丸善《まるぜん》石油化学、出光《いでみつ》石油化学の後発五社のエチレンセンターが発足した。通産省の規制にもかかわらず、あるいは規制のゆえに、競争はさらに苛烈となり、六〇年前後には年産一―二万トンの規模にすぎなかったエチレン生産が、六五年には一〇万トン体制へと移行し、六〇年代後半には三〇万トン体制となって、巨大規模での参入が続き、激しい能力拡大競争が継続した（渡辺徳治、一九七三、通産省、一九九〇、工藤章、一九九〇他）。このように日本の高度成長の中で、石油化学産業が大きな役割を担うのは、むしろ一九六〇年代以降のことであった。それゆえ、伊藤が、このような早い時期に高分子化学産業に着目したことは、飛びぬけて慧眼であったということができる。

技術者の技術的営為と生活意識

重化学工業化という形で進行する高度成長をその中軸において担った分野である化学産業を対象に選び、そこでの技術者の技術的営為が、家庭や企業や大学という場にさまざまな形でもたらす帰結を、伊藤は、かなりのリアリティをもって描き出すことに成功している。『氾濫』について、平野謙《ひらのけん》（一九六七）は、「著者の全人間的全文学的体験がここにたたきこまれてある、といっていいだろう。この長編を書きおえたとき、著者は一種の深いカタルシスを感得したにちがいない」、「資本主義社会における人間の自己疎外の様相を、これほど巨細に物語った作品はかつてない」という高い評価を与えている。ただし、平野のように、『氾濫』を、「資本主義社会における人間の自己疎外」を巨細に物語った、あるいは「名と富を得ることによって、逆にヒューマニティを喪失しなければならぬ現代の哀しい人間関係」を描いた、という形に一般化して評価することには賛成できない。平野は、「私はさきに小林多喜二《こばやしたきじ》的なるものを対極としながら、横光利一《よこみつりいち》的なるものを追求するところに、著者の文学的性格を指摘したが、『氾濫』にあっては、対極とすべき外部の敵を見失った観がないでもない。『生きる怖れ』ではまだ保たれていた左翼的なものに対峙する一種の思考緊張は、『氾濫』ではほとんど失われている。かわりに著者の内部を支えていたものは、さきにふれた一種のにがにがしい自己告発の精神ではなかったかと思う」と述べているが、このように評価してしまうと、この時期特有の問題を検出しえている『氾濫』のメリットを逆に見失うことになると思われるからである。「氾濫」しているのは、旧来の日本社会に存在していた秩序意識や生活感覚が、高度成長の開始によって適合しなくなって溢れ出てくる部分、そこから表出してくる嘘や欲望であるが、それだけではなく、高分子化学による技術革新、新商品それ自体も「氾濫」しているのであり、それらが直截に資本主義社会における自己疎外一般として表出しているとはいいがたいからである。

ただし、『氾濫』がとりあげているのは、高度成長初期の中堅企業であり、そこに所属する技術者や研究者およびその周囲に存在する者たちである。「現代社会の実務に携るホワイトカラー」、あるいは高度成長期に急速に拡大し増大する重化学工業分野の労働者がとりあげられているわけではない。彼らの労働意識・生活意識も、ほとんど表現されてはいない。すでにそうした形で時代を描くことの有効性を、伊藤は疑うようになっていたともいえるが、では、伊藤の疑いは果たしてどこまで正当であったのか。このことが次に問われねばならない。佐木隆三《さきりゅうぞう》『ジャンケンポン協定』『コレラ』、黒井千次《くろいせんじ》『聖産業週間』『時間』、中里喜昭《なかざときしょう》『ふたたび歌え』などをとりあげて、この点を検証していこう。

鉄鋼業におけるホワイトカラー――佐木隆三『ジャンケンポン協定』『コレラ』

「ジャンケンポン協定」は、『新日本文学』一九六三年五月号に発表されて、初めての新日本文学賞を受賞した。新日本文学会は、会の創立一五周年を記念して六一年度に新日本文学賞を設定した。しかし、六一年度、六二年度は入選作がなく、六三年度の第三回にはじめて入選作がでて、佐木の「ジャンケンポン協定」は短編小説賞となった。なお、本節でとりあげる佐木隆三だけでなく、次に見る黒井千次や中里喜昭も、出発点では『新日本文学』を主要な発表舞台としていた。新日本文学会については、戦後文学史を語るほとんどの著作に精粗さまざまに登場するが、当事者による回顧としては、鎌田《かまた》慧《さとし》編集代表（二〇〇五）がある。「ジャンケンポン協定」は、六五年五月には単行本化され、晶文社から出版された。また、六四年一二月には、「ジャンケンポン協定」の続編といってよい「コレラ」が『文学界』に発表された。

佐木隆三のキャリア

佐木隆三のキャリアを一瞥しておこう。佐木は、一九五六年、福岡県立八幡中央高校を卒業後、八幡製鉄所に事務職として就職した。辞令は、「事務員二級を命じ、日給一八二円五〇銭を支給す」というもので、鋼片課に配属された。高校時代から文芸部と弁論部に所属し、生徒会長などもつとめたが、二〇歳のとき、次兄や友人たちと『日曜作家』というガリ版刷りの同人雑誌を創刊し、『製鉄文化』『九州作家』『九州文学』などにも小説を発表し始める。六〇年には、『文学界』や『新日本文学』にも小説を発表するようになり、その文才を見込まれてか、六〇年一月には、鋼片課整理掛から総務課広報掛に異動を命じられ、八幡製鉄社報の編集に従事するようになる。しかし、大卒社員と協同のこの広報掛の職場にはなかなかなじめなかったようで、組合活動に熱中し、安保闘争の最中に日本共産党に入党する。翌六一年には、一九二〇年二月の八幡製鉄所大争議を舞台とした小説「大罷業」を発表し、六二年には、非専従の八幡製鉄所労組中央委員となり、総務支部長をつとめる。翌六三年に発表した「ジャンケンポン協定」が、上述のように新日本文学賞を受賞すると、機関紙「アカハタ」で非難が始まり、共産党八幡製鉄所総細胞から党員権利停止処分、翌六四年四月には党除名処分を受け、七月に八幡製鉄所を退職して職業作家の道を歩み始めることになる。以上が、『ジャンケンポン協定』『コレラ』までの佐木の歩みである。一九七六年に『復讐するは我にあり』で第七四回直木賞を受賞して以降の活動については、ここではふれない。

巨大製鉄会社の解雇協定

小説で設定されている「ジャンケンポン協定」とは、不況下の巨大製鉄会社において、労使間で締結された全従業員半数の解雇協定のことである。生産性を二倍にあげることで、五万人の社員を半数に削減する。削減の方法として選ばれたのが、戒厳令下でのジャンケンである。勝てば、生産性二倍のシステムに戻り、負ければ退職する。ジャンケンの順番を待つ長い行列のなかで起こる、ジャンケンに駆り出された従業員たちの角突き合いを、ある場面では悲劇的に、ある場面では喜劇的に、生き生きと描き出していく。いうまでもなく寓話小説であるが、叙述はかなりの部分が具体的であり、かつリアリズムの文体である。

宿酔《しゅくすい》で出勤した主人公は、工場事務所前の行列で、突然、この日にリストラのジャンケンを実施することを知らされる。「歯の根がふるえて合わない」怒りと恐怖を感じるなかで、「妨害排除の仮処分申請が、会社と労働組合双方から出されてい」て、県下の警察が大動員されていることを知る。労使一体となった工場内の戒厳令である。こうして、電気ブリキラインのメッキ検査工である主人公は、ジャンケンポンのための長蛇の列の最後尾に並ぶことになる。

これが、話の発端である。この後、主人公の前には、さまざまな従業員、労働者が登場する。協定に絶対反対の立場をとったのは最左翼党のみであり、最左翼党だけが反対ならそれについてゆけぬと一般組合員が投票では賛成票を投じ、「絶対多数で執行部一任ということになった」ことも明らかとなる。例外要員となってジャンケンをしなくてよくなった組合支部長を「うまい汁を吸いやがって」とねたみながら、もと組合役員として、ジャ

図3　佐木隆三『ジャンケンポン協定』（晶文社，1965年）

ンケン仕方なし、アカの排除は当然、と主張する勤続三七年の亜鉛鉄板ライン工程担当作業長、「労働者解放のためには、まず資本の中に深く入ることなんだ。だから、ジャンケンポンに棄権するよりも、たくましく戦って勝残り一日も早く職制になる」、「ボクに課せられたテーマが定員査定であ

る以上、それに従うのもまた当然」と居直るゼンガクレン崩れの大卒の技術員、労災で義手となったためにジャンケン失格となった倉庫番、「安全呼称」をしすぎたために失語症となって同じく失格となったクレーン工、主人公が祈る思いで期待するなかを党規律論争に明け暮れる最左翼党員たち、それでも、最左翼党員たちが抗議行動を提起するや、混乱鎮圧と称して武装警官に催涙弾使用を要請した会社と組合執行部。しかし、最後は、労働者たちはアイコ（引き分け）を出し続けるという形で抵抗を始め、このジャンケンポン協定の実施が一時的にではあれ、実行不能となる。この場面で小説は、プッンと終わる。

『コレラ』は、コレラ菌のうようよしている海で泳ぎ、その地域で売っていたバナナでジュースを作ったために、保健所から外出禁止を命じられている主人公とその妻の対話を綴ったものである。外出禁止命令は、共産党八幡製鉄所総細胞からの主人公への党員権利停止処分と二重移しに描かれ、党員権利停止処分の馬鹿馬鹿しさが戯画的に浮かび上がる構図となっている。この間に、夫婦間のディスコミュニケーション、社報の編集という業務に対する主人公の微妙なコンプレックスなども語られる。『ジャンケンポン協定』よりも戯画的ではあるが、抽象化の度合いはむしろ低く、自伝的側面がある程度透けてみえる叙述となっている。

寓話小説という形式

佐木は、なぜ、このような寓話形式をとったのだろう。次節で検討する黒井千次も、佐木よりも早い時期に同じような寓話形式の小説を発表している。花田清輝《はなだきよてる》や安部公房《あべこうぼう》の前衛的な作品、とりわけ後者の衝撃もあったと思われるが、より直接には、この時期の、重化学工業諸部門における大規模な近代化投資・合理化投資の進行と、それによる労働過程・労務統括機構の変貌、さらにそうした変貌に対して正当に抵抗し、反撃することのできない組合指導部や、その背後にある革新政党・前衛政党への期待と不満、さらには絶望という事態の反映ではないか。そうした事態の深刻さ、あるいはそうした事態に直面している主体の側の意識が、素朴リアリズムの形式を取ることを、著者に許さなかったのではないか、とも考えられるし、あるいはそうした現状をリアルに描き出す文体や方法を、佐木がこの時点では充分に発見しえていなかったとも考えられる。

佐木自身は、「わたしのデビュー作は『ジャンケンポン協定』といわれます。この作品を書いたために、『ふざけた思いつき小説』と共産党から叱られ、さらに戯画化して『コレラ』を書き、共産党と訣別しました。私の共産党経験は、深く思考してのものではなく、よくいわれる〝青春のハシカ〟のようなもので、後遺症らしきものはないと思います」と回顧している（佐木隆三、二〇〇一）。おそらく半ば以上は本音と思われるが、なお、核拡散防止条約問題、四・一七スト問題といったマクロ・レベルの問題よりは、八幡労働運動における路線問題としてまだ語られていないことがいくつかあるように思われる。というのは、後の自筆年譜には、「四月十七日のゼネストに対して、共産党は〝挑発スト〟として四・八声明で回避を方針としたので、八幡製鉄労組中央委員会で断乎貫徹の演説をしたら、ただちに除名処分。むしろスッキリした思いだったが、なぜか会社もやめたくなり、七月に夏のボーナスを受取ってすぐ辞表を提出した」という記述があるからである。

鉄鋼業における技術革新投資と労働の変容

佐木が八幡製鉄所に入社した一九五六年という年は、鉄鋼業において、まさに第二次合理化計画がスタートした年次であった。製銑《せいせん》工程における高炉大型化、製鋼工程におけるＬＤ転炉への転換、圧延《あつえん》工程におけるホット・ストリップ・ミルの導入が連続的に進められ、八幡・富士・日本鋼管の先発三社と川崎製鉄・住友金属・神戸製鋼の後発三社の間で、粗鋼年産一〇〇〇〜二〇〇〇万トン級の新鋭一貫生産の臨海製鉄所の建設が競ってなされた。この過程での革新的技術の導入はすべて外国技術によるもので、圧延工程でのストリップ・ミル技術はアメリカから、製鋼工程でのＬＤ転炉技術はオーストリアから導入された。さらに、六一年からの第三次合理化過程では、高炉、転炉、ストリップ・ミルの一層の大型化が進められた（置塩信雄他、一九八一、岡本博公、一九八四、米倉誠一郎、一九九一他）。

このような技術革新と大規模な設備投資の進展は、旧来の熟練労働の多くを無効化し、現場労働のあり方も大きく転換させることになった。高炉の大型化にともなう計装化の進展は、従来肉眼に頼っていた高炉の操業を制御装置による遠隔操作に変えることを可能にした。ＬＤ転炉への転換は、炉前作業を大幅に簡素化し、従来の熟練をまったく異なった体系のものに変えてしまった。また、ストリップ・ミルへの転換は、従来のプルオーバー式圧延機では一五―二〇年の熟練期間を要していた圧下手技能をまったく不要とし、圧延労働はハンドル操作と監視労働を主体とする二―三年で習熟可能の半熟練労働へと転換した。さらに、一九六〇年以降のコンピュータの導入、六〇年代後半のコンピュータ・オンライン・リアル・システムの導入は、主要工程間の作業量、作業速度のフレクシブルな「標準」化を促進し、生産の大幅なスピード・アップと連続操業を実現した。かくて、鉄鋼業における基幹工程は、従来の粗放高熱重筋労働から工程管理労働・運転労働へと転換したのである（石田和夫、一九八一）。

このような労働過程の画期的変化は、それまでの労務統轄機構の再編を要請した。再編・転換の画期は、一九五八年のライン・スタッフ制度の導入である。従来の労務統轄体制（課長—掛長—監督技術員—組長—伍長—平作業員）のなかで基幹部分を占めていた組長層（旧型熟練工）を解体し、それまでこの層が担っていた職能を、新たな技術体系それ自身が要請する技術管理・品質管理・工程管理などの専門管理機能を担う専門要員スタッフと、作業管理・労務管理を主要な職務とする新しい現場職制＝ラインとしての作業長の両者にはっきりと分割し、この両者を労働過程の中核としようというものである（道又健治郎、一九七八）。

鉄鋼業での労務管理の変化

この転換は、それまで鉄鋼業の労働現場において存在していた職場社会の事実上の解体を意味する。組長が「おやじ」として経験的熟練を若手に伝承し、相互に協同して重筋的な組作業を遂行する、という職場仲間が消滅していくのである（熊沢誠、一九八六）。こうした状況への抵抗基盤は、本来は組合であって、一九五〇年代には、大手一貫メーカーでは、たびたび合理化反対のストライキが打たれていた。しかし、佐木が就職した八幡の労組は、一貫五社のなかでも右派的位置にあり、六〇年には、大手五社のうち、八幡でのみスト権が批准されなかった。

首切りの労使協定が一般組合員による全員投票で、圧倒的多数で執行部一任として可決された、という『ジャンケンポン協定』の叙述は、この事態をあらわしたものに他ならない。加えて、佐木自身は、製鉄現場勤務ではなく、総務課での社報編集担当である。現場の職場社会が弛緩させられ、解体されていくなかで、現場にいない佐木が、どのような運動路線を提起できるのか。現場にいない佐木が所属し、現場を包摂している八幡製鉄所総細胞は、はたして適切な運動方針、闘争路線を提起しえているのか。このようなあせりや怒りが、『ジャンケンポン協定』には、ぶち込まれているといえる。

熊沢誠の批判

熊沢は、「世評高いこの『ジャンケンポン協定』は、私にはいささか思いつきの域を出ていない作品のように思われる」とやや皮相な評価を与えている。「(昭和四〇年代こそ）仕事そのもの、職場の雰囲気、労使関係、そして労働者の生きざま……この日常的で確実な過程を、生産点の内部からたじろがずみつめる文学が本当に必要であった」にもかかわらず、佐木は、それをなしとげていないと熊沢はいう。それは、熊沢の期待の反映でもあるが、では、どのような方法、文学的手法がそれを可能にしたのかと問い直せば、戦後の「政治と文学」論争の出発点――「小林多喜二と火野葦《あし》平《へい》はメダルの裏表である」という平野謙の提起――が、一九六〇年代前半という時期には、理論においても実作においても乗り越えられていない以上、やや酷な批判となっているといわざるをえない。

もっとも、熊沢の指摘するように、この小説が鉄鋼業でなければ成り立たないかといえば、かならずしもそうではない。労働過程の再編によって排除されることになる労働者たち、ここでとりあげられているメッキ検査工、ライン工程担当作業長、クレーン工、倉庫番、技術員たち、彼らの仕事そのものの内実は語られておらず、他の産業分野であっても同じような語り口をとることは可能だからである。佐木のこの小説では、労働者の企業観は語られているとしても、労働者の労働観は明示的には語られていない。一九二〇年の製鉄所大争議をとりあげた『大罷業』が、労働者の労働の内実をリアルに語っていたとするなら、なぜ同時代のリアルタイムの『ジャンケンポン協定』は、八幡の現場労働過程を内在的に語りえなかったのか。次に黒井千次をとりあげることから、この点を検討してみよう。

自動車産業におけるホワイトカラー――黒井千次『聖産業週間』『時間』

「聖産業週間」は一九六八年三月、「時間」はその翌年一九六九年二月に、いずれも『文藝』に発表された作品である。後者は、同年上半期の芥川賞候補作となり、翌七〇年に、昭和四四年度の芸術選奨新人賞を受賞した。

黒井千次のキャリア

佐木と同様に、まず、黒井千次のキャリアをみておこう。黒井は、東京大学経済学部を一九五五年に二三歳で卒業、卒業後すぐ富士重工業（現、SUBARU）に入社し、七〇年までの一五年間を勤務した。東京生まれで、都立高校時代から友人と同人雑誌を発行していたが、本格的に小説執筆を開始したのは、富士重工入社後、伊勢崎工場勤務となって、独身寮生活に入ってからのことであった。佐

図4　黒井千次

木と同様、新日本文学会の会員となり、五八年二月には会誌『新日本文学』に「青い工場」を、さらに同年六月には「メカニズム№1」を『文学界』に発表する。

富士重工業への就職について、黒井は後に次のような意味づけを与えている。「文学は常にぼくの内部にあって行動の基準であり続けた」、「学生の時期を終えて自分で選択した企業の中に身を浸した時、ぼくは突然自己の姿が目の前から消えて行きそうになるのを感じた」、「ぼくが企業の中に身を置いて、そこから汲み続けて来たのは『素材』ではなくてむしろ人間についての『問題意識』なのだ。大げさに言えば、ぼくを一つの企業に就職させたのもその『問題意識』であるのかも知れない。ぼくにとっての企業とは、自分をも含めて、現代において《生きる》とはいったいどういうことなのかをきわめて日常的な姿で学ぶ場であった。学ぶことは、取材することによってでなく、企業の中の日常を生きることによって得られた。……未来を垣間見ることが出来るのではないかと思えるような緊迫した現象が傷口のように赤く口を開いていた」と（黒井千次、一九七二)。

一九五九年一一月には、富士重工業東京本社に転勤となり、以後、七〇年三月の退社まで本社勤務が続いた。勤務のなかみについて、黒井は次のように回顧している。「十数年に及ぶ会社勤めを通じて、遂にぼくは自分の職業が何であるかが、わからずじまいであった。ある時は経理部員であり、ある年には予算管理の仕事をし、最後には宣伝部員であった。その一つ一つは年単位で数えられる仕事ではあったが、しかし仕事から仕事への転換は、手続き上はただ一枚の辞令で移しかえられた」と。本社転勤後、六〇年から六四年にかけては旺盛な執筆活動が続くが、その後一時期、執筆は停滞する。しかし、六七年に同人誌『層』に参加後、再び活発な執筆活動が再開され、「聖産業週間」「穴と空」「時間」「騎士グーダス」「星のない部屋」などを次々に発表するようになる。七〇年に富士重工退職後、黒井の小説世界は、さらに転換を示し、いわゆる「内向の世代」を代表する作家となって、数多くの文学賞を受賞するが、その後の経緯についてはここではふれない。

寓話小説からのスタート

ここで検討したいのは『聖産業週間』『時間』であるが、その前に、黒井の処女作といってもよい「メカニズム№1」をみておきたい。黒井二六歳の作品である「メカニズム№1」は、一九五八年に発表された。この作品では、登場する主人公は「アイウエオ」、主人公のライバルは「カキクケコ」とされ、企業名も「アカサタナ馬車工業株式会社」と、すべて記号化されている。その他の登場人物も「企画部長」「社長」と役職名で表記されるのみである。主人公アイウエオは、生産性向上のための資料をまとめあげ特別に重役会議への出席が許された「優秀社員」であるが、ひょんなことから労働組合の委員長にも任命されてしまう。会社は、全従業員の三三％にあたる人員の首切りを通告し、アイウエオは、生産性向上を提起する「優秀社員」と首切りに抵抗する「組合委員長」という二役を同時に遂行することになり、その矛盾と困惑の中で、組合員の前で「密約」の契約書を読んでしまったり、逆に重役会議の場面で組合委員長として演説してしまったりする。物語は、分裂したアイウエオ自身による、「お前を除名する」、「お前を解雇する」という相互通告による自己消滅で終る。

前項でみた、佐木隆三の「ジャンケンポン協定」と同じ寓話小説である。あるいは、伊藤整のいう「組織と人間」論の小説化ということもできる。主人公アイウエオの分裂は、主人公の精神の内面の分裂ではなく、企業という組織の中での「優秀社員」と「組合委員長」という機能の分裂であること、個人は企業に従属すること、企業という組織はそうした分裂を解消する仕組みを持っていること、これらを小説化しているからである。タイトルの『メカニズム№1』は、ストレートにそのことを示している。しかし、極端に図式化され、抽象化されたこの小説は、「メカニズム」の説明ではあっても、小説世界に労働過程や労働意識を定着させるものとはなっていなかった。

企業や社会を小説に内在化する

労働過程や労働意識、あるいはそれを媒介とした企業や社会の構造を、小説世界に内在的に定着させるという試みは、それから一〇年近くを経た後、『聖産業週間』『時間』において、新しい形で果たされることになる。

『聖産業週間』は、かつては「ふてくされ派の総帥であった」田口運平の突然の変貌と行動を、課長の依頼もあって、ほぼ同年齢で仕事のライバルでもある「ぼく」が、眺め、観察する、という形で叙述された小説である。主人公田口運平の「仕事への熱狂的な没入」ぶりは、普通なら「約四週間はかかろうという作業を五・五日間で仕上げようという無謀」なものであった。このため、まず人事部が、ワークファクター分析の素材として田口運平の作業動作を撮影に現れ、ついで、労働組合の書記長が、「組合員だから話がこんながらがってしょうがない」という愚痴とともに、「貴方の部下に強いている激しい労働強化」は不当労働行為にあたる、と抗議に現れる。課長から、「田口運平を保護、監視せよ」と依頼された「ぼく」は、田口や田口の部下とともに残業に入り、深夜、田口の帰宅後に、田口の個人的業務日誌を発見する。

この個人的業務日誌を読むことで、「ぼく」は、田口の仕事への熱狂的没入の理由を知る。田口が変貌したきっかけは、四歳の我が子の隣家の子供とのけんかであった。それをみていて、田口は、自分が、これまでいつも「最もそう在りたいものの真只中に在る」のではなく「そう在りたいものの傍らに立ち続けていた」のではないか、「賭けることを避け、熱中を逃げているのは、私自身ではなかったか」と考えるに至る。そして、「誤魔化しに誤魔化しを重ねながら、潜在する〈飢え〉をあやしあやし、遂に私は今日まで生きて来たといえる。手摺《てすり》は切れた」。「賭けは為されたのだ。半面砂に覆われた我が子の顔の気弱な変貌が、私の怒りに火を放ったのだ。……この賭け、又は熱中のみを唯一の方法とする実験を名付けて、私は、〈聖産業週間〉と呼ぼう」と、「賭け」、「実験」として仕事への熱狂的没入が始められるのである。

労働の内実と仕事への「熱狂的没入」

この一週間の田口と田口の部下たちの作業計画と作業内容は、とんでもなく緻密・綿密なものであり、「市場のマクロ動向、需要構造、業界動向（それは政府の行政指導から、生産の動向、販売、輸出の動向にまで及んでいる)、統計資料の国際比較、消費者行動の定性的分析、需要予測、当社の技術水準、設備能力、販売体制、採算性の検討」へと進んでいた。土曜日の朝、田口の設定どおりに作業は終り、「田口の新製品計画作業は、ほとんどそのまま部の見解として確認され」て終る。部長と課長にとっては、田口の異常さ、田口の立てた作業計画や経過の異常さより、その結果として現れてきた報告書の内容が主要関心となる。

「賭け」をした田口自身はどうか。会社の中で労働に真正面から向き合うことにより、その中から生の喜びを見つけようという「実験」の結果が、田口自身により確認される。

恐れずに書こう。私は、遂に自分の作業に没入することが出来なかった。……作業の収穫は、今、手にも重い資料の群れとして眼前にある。その評価、その効用は、上級者の手中にある。幸いにしてこれ等の作業結果が十分の力を発揮し得るとして、私の作業は何程かの富を消費者に与え、株主に与え、又従業員に与え得るかもしれぬ。そして私の給料にも。それは私の妻を美しくし、我が子をより強く、より健やかにするでもあろう。それが不満なのではない。それが歓びでないとは言わぬ。しかし、それにしても、なんという索漠たる労働であったことか。もし私の収穫を歓びという名で呼ぶならば、なんという歓びの断絶、偏在であることか。……思うに、これは、労働と生活との分裂、あるいは均衡の失墜なのであろうか。人が小集団をなして生きていくものが生活である以上、生活（家庭）が肥大するということは考えられぬであろう。明らかに、労働が衰微したのである。この巨大なる世界の内部は、虚ろなのである。歓びの円環は、絶たれたまま繋がれようとはしない。

大企業ホワイトカラーの労働意識

留意すべきは、田口運平は、この「賭け」「実験」によっても、労働の歓喜を味わい、純粋行為としての労働を実現することはほぼ不可能であることを、「賭け」「実験」を始める前からほぼ正確に認識していたことである。このことは、「実験」に入る前の、田口の個人的業務日誌に次のように記されていることから明らかであろう。すなわち、第一に、「熱中が私を捉えることに失敗するなら」、第二に、「もし、私が熱中に突入し得たとしても、その結果、私の労働の過程そのものが、あの遠い潮騒の響きのような遥かなる労働のイメイジにただの一点ですら繋がり得ぬものであるとするならば」、第三に、「もしも私が熱中し、その結果、私の労働が辛うじて曾て単純豪快な労働の中に繋がっていくものであることが確認され得たとして、その後に来る、重い確認の上に立つ日々は、……輝かしくはあってもあまりに困難で厳しい日々であることは明らかであるから」、第四に、「この賭けそのものが、安寧なる我が環境においてどのような風波を呼び、どのように高価なものにつくか、ほぼ見通しがついているから」。また、作業の途中でも、「クレイジイにならんのだ。どうもクレイジイになれんのだ」との確認がなされている。

黒井は、「十数年に及ぶ会社勤めを通じて、遂にぼくは自分の職業が何であるかが、わからずじまいであった」と自らの会社員時代を回顧している。

自動車産業という産業

黒井が本社で従事していた職務は、主に経理であり予算管理であったという。黒井が一九五五年に入社した富士重工業は、中島飛行機《なかじまひこうき》を前身としていたが、入社当時は、スクーターから自動車産業への参入を実現した時期であった。朝鮮特需によって戦後生産再開のきっかけをつかんだ自動車産業では、一九五四年の外貨割当制強化、五五年の通産省「国民車育成要綱案」、五六年の機械工業振興臨時措置法（第一次機振法）による乗用車国産化政策に支えられて、量産体制をめざす急速な機械設備の近代化が進められていた（下川浩一、一九九〇）。なかでも、一九五五年の通産省「国民車育成要綱案」構想は、乗員四人または二人で一〇〇kg以上の荷物積載が可能、最高時速一〇〇km以上、時速六〇

㎞で燃料リッター当り三〇㎞の走行が可能、エンジン排気量三五〇―五〇〇cc、車種四〇〇kg、月産二〇〇〇台で生産コスト一五万円以下（後販売価格二五万円に訂正）というもので、これにより各社は競って後の軽自動車の原型となる小型車の開発と生産に乗り出した。トヨタのパブリカ、三菱重工の三菱五〇〇、鈴木自工のスズライトなどがそれであるが、なかでも富士重工業のスバル三六〇は、低価格・高機能の新車として爆発的売れ行きを示した。航空機製造で培った高度な技術が、軽自動車部門でも生かされたのである。

自動車産業は、その後、一九五九年のトヨタ元町《もとまち》、六〇年の日産追浜《おっぱま》、プリンス村山《むらやま》といった乗用車専用工場の新設により、流れ生産方式による大量生産体制を確立させ、たとえばトヨタ元町工場では、六〇年一月以降の第二期工事におけるプレス工場の建設で、材料から製品までの一貫作業が可能になった。こうして、五〇年代後半以降、ロット生産方式からコンベア・システムへの全面的転換、続いて生産ラインにおける「多台持ち」から「多工程持ち」への転換、さらに鋳物《いもの》・鍛造《たんぞう》・機械・車体の全工程における平準化生産の体制が整うことになったのである。六〇年代に自動車生産台数は飛躍的に増大、六一年に五〇万台を突破してイタリアを抜いて後、六四年にはフランス、六六年にはイギリス、六七年には西ドイツを抜いてアメリカに次ぐ第二位の自動車生産国に成長し、七〇年にはその生産台数は五〇〇万台を突破した（中村静治、一九八三、通産省、一九九〇、トヨタ自動車工業、一九七八、トヨタ自動車、一九八七他）。

一九五〇年代末から六〇年代にかけての自動車産業の推移は以上のようなものであった。このように急激な拡大を続ける自動車産業のなかで、富士重工業は、トヨタや日産に比して下位に属し、激しい企業間競争の只中にあった。そうであるとすれば、そのようななかで、経理や予算管理の部署に属していた黒井が、作品のなかで、田口に純粋行為としての「労働の歓喜」を味あわせることはほぼ不可能であろう。加えて、「労働の歓喜」への距離の遠さは、黒井のサラリーマン生活の時期が、大衆消費社会への突入を象徴する「国民車」生産・販売に邁進していた時期と重なったこととも密接に結びついているように思われる。デスクワークに限定され、新商品の需要予測や採算性の検討に明け暮れる仕事が、「遠い潮騒の響きのように響いてくる歓喜の労働」となる可能性は、限りなく小さかっただろう。にもかかわらず、田口にそれを希求させずにはおかない、というアンビバレンスこそが、この小説を特徴づけており、そして、この手法をとったことにより、本作品は、高度成長期の只中にある大企業ホワイトカラーの労働と労働意識を掬い上げることに成功したといえる。

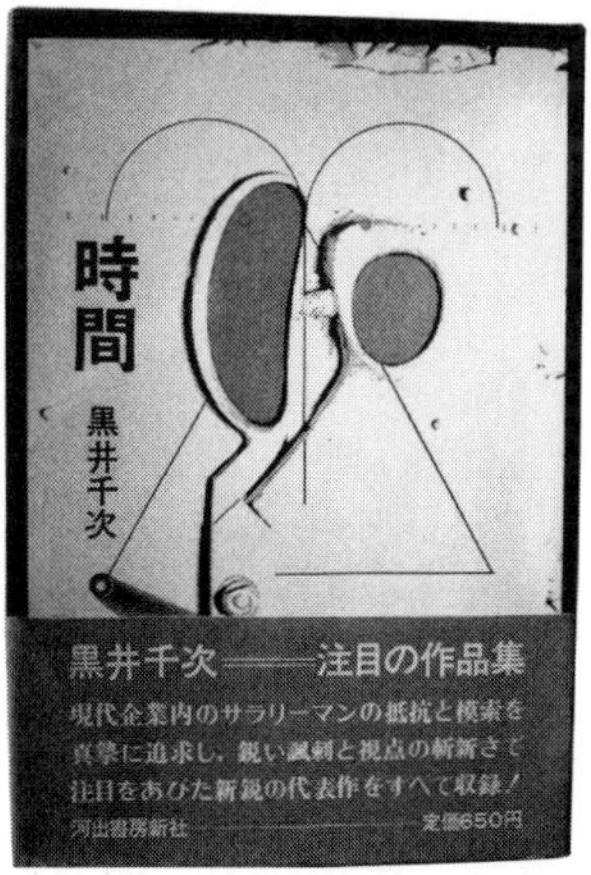

図５　黒井千次『時間』（河出書房新社，1969年）

マルクス的労働観への親和

この『聖産業週間』で現れてくる労働観、「人間の意識がまだ草のように健やかで、石のように強固であった時代における労働のイメイジ」は、黒井のマルクス的労働観への親和性に由来するといってよい。この点がよりストレートに現れているのが、『時間』である。『時間』の主人公も、『聖産業週間』の主人公と同様、調査レポートの作成を業務としている。「与えられたテーマについて、資料を集め、加工を加え、一つの構造物としてのレポートを作りあげること」である。しかも、この小説中で主人公が作成した「今回のレポートは、今までとどこか少し違っていた」。「ふと思いついた一つの仮説が、彼の興味を捕え」、「仮説は仮説を生んで発展し」、「それを裏づけるための新しい資料や、新しい加工作業が加わ」り、「思いついた仮説を、いわば一切のノイズを排して、純粋培養してみたい、という思いにとりつかれた」。

できあがったレポートは、部外、とくに「激しい販売競争の中で闘っている営業部門にとっては、あまりに客観的であり、批判的であり、悲観的であり、腹に据えかねるもの」となった。しかし、主人公は、レポートの内容に強く固執し、直属上司の課長に、さらには後には営業部長にも、自己のレポートの主張を通そうとする。にもかかわらず、あるいは、だからこそ、彼は最年少で課長資格候補者に選ばれ、人事担当常務との面接を経て、この任用試験に合格する。最年少候補という高揚と、合格が「会社に捕らわれてしまった」という意識、「会社に都合のいい人間に〈変わる〉に違いない」とみられたことへの「生理的な不快と嫌悪感に満ちた困惑」のアンビバレンスに直面する主人公。これが、『時間』のひとつの主題である。

転向と非転向の間

もうひとつの主題は、主人公および主人公を取り巻く友人たちの思想ないし倫理をめぐる問題である。『時間』は、一〇数年前に卒業した大学のゼミ同窓会の場面から始まる。大学時代のゼミは、マルクス経済学の経済原論で、ゼミの寺島教授は、動揺することのないマルクス主義者として描かれている。主人公の学生時代は、政治運動、労働運動、学生運動が活発であり、同期にはメーデー事件の被告もいる。調査レポートを作っている主人公は、鉄鋼メーカーでコンピュータ導入のシステム作りを行っている浅井とは大学時代の同期であって、メーデー事件の被告となった同期生三浦の支援のために、浅井とともに裁判所にも顔を出す。「十五年間私は変わらなかった」という三浦の陳述。それを聞いたとき、主人公は「変わらないものがある、という確認ではなく、それを原点として、変わったものの変わり方についての確認、……より変わろうとしているものの、変わり方の客観性を手に入れたいという願望」にとらわれる。「変貌は、醜さとして彼のなかにうつし出されていた。次にあるのは、その醜さに俺は耐え得るか、という自らに対する問いであった」。

このメタファーとして登場するのが、「古びた浅黄色《あさぎ》のレインコート」である。学生時代の三浦の姿も、主人公の姿も、このレインコートとともにある。しかし、このレインコートは、妻の「記念に取っておく?」という問いかけにもかかわらず、最後に主人公によって廃棄される。それゆえ、この小説は、磯田光一《いそだこういち》（一九七二）が評するように「〝寺島教授〟―〝三浦〟という線が非転向軸として設定され」、「主人公が、たんなる現実への埋没とは別の〝第三の道〟を模索している」小説として読まれるべきでは決してない。

『時間』は、冒頭と同様、大学のゼミ同窓会の場面で終りを告げるが、そこでは、マルクス経済学のゼミに属しながら個別の即物的利害のみに執着する若い現役・ＯＢのゼミ生、そうしたゼミ生を前にして「日本列島を、諸君に頼みますよ」と訴える寺島教授の戯画性、そして、にもかかわらず「俺のレポートを守り抜く」という形で寺島教授の訴えを引き受けようという主人公が描かれている。

「〈過去〉の葬儀は終った」、「空疎な〈現在〉の祝宴を俺は辞してきた」という『時間』の結末は、現実には、一九七〇年初頭の黒井の富士重工業退社につながっていくが、少なくとも、黒井はこの一連の小説で、大企業事務系ホワイトカラーの労働と労働意識および労働倫理を、具体的様相において描き出すことに成功したということができる。では、生産現場労働者は、この時期どうなっていたのか。最後に、中里喜昭『ふたたび歌え』を検討することで、この点をみていくことにしよう。

造船業における生産現場労働者――中里喜昭『ふたたび歌え』

『ふたたび歌え』は、一九七〇年一月より日本民主主義文学同盟の『民主文学』で連載が始まり、七三年四月に完結、同年筑摩書房より単行本として刊行された。長篇『仮のねむり』で、七〇年に第二回多喜二《たきじ》・百合子《ゆりこ》賞を受賞した直後の作品である。

中里喜昭のキャリア　佐木、黒井と同様に、中里のキャリアをみておこう。中里は、一九五一年に中学卒業後、三菱重工業《みつびしじゅうこうぎょう》（当時は西日本重工《にしにほんじゅうこう》）長崎造船技術学校に入学し、修了後は長崎造船所において現図工として勤務した。造船所勤務後一年もしないうちに結核にかかり、闘病生活をするなかで短歌に親しむようになり、宮《みや》柊二《しゅうじ》につながる結社で短歌を詠んだ。その後、小説に転じ、「アカハタ」日曜版の小説募集に応募、五九年「地金どろぼう」が入選し、造船所勤務を続けつつ小説に取り組むようになる。この間、新日本文学会にも参加、富士重工勤務の黒井千次、八幡製鉄勤務の佐木隆三と並んで、労働者作家として注目を受けた。

中里の所属した新日本文学会は、一九六四年の第一一回大会で、部分核実験停止条約の評価、安保闘争の評価をめぐって対立が生じた。この対立により江口渙《えぐちかん》・霜多正次《しもたせいじ》・西野《にしの》辰吉《たつきち》らは、新日本文学会を除籍となったが、中里は彼らとともに翌六五年八月の日本民主主義文学同盟創設に参加、当初から運営の中心を担い、長崎支部長や後には事務局長も務めた。文学同盟時代は、『仮のねむり』上・下（新日本出版社、一九六九年）、『分岐・解体』（東邦出版社、一九六九年）、『ふたたび歌え』（筑摩書房、一九七三年）、『詩と愛について』（飯塚書店、一九七三年）、『自壊火山』（筑摩書房、一九七六年）、『解かれゆく日日』上・下（新日本出版社、一九七七年）、『香焼島―地方自治の先駆的実験―』（晩聲社、一九七七年）と活発な創作活動を続けた。その後、八三年に、「『民主文学』八三年四月号問題」を契機に文学同盟を退会、以後、主として文芸誌『葦牙《あしかび》』に依りながら、ルポルタージュに力点を置いた執筆活動を続けた。

「『民主文学』八三年四月号問題」とは、同誌が中国の小説「人、中年に到れば」を掲載したとき、小田実《おだまこと》が寄稿した文章の評価と取扱い方から発した問題で、共産党による『民主文学』批判を契機に、当時の文学同盟の議長・事務局長・『民主文学』編集長の辞任他、中枢メンバーの多くが文学同盟から離脱した。中里は、後にこの経過を、『昭和末期』（みずち書房、一九八九年）として小説化している。

六〇年安保と造船企業

『ふたたび歌え』は、一九六〇年安保下の造船所労働運動と党活動を描いた『分岐』とともに、自伝的要素の強い作品である。主人公信吉は、「勤めている造船所の、社内の技能者養成機関である造船技術学校を卒業ご、現場にある造船製図室に配属され、ろくに仕事もおぼえないうちに」かかった結核の療養中である。この信吉が、短歌結社の歌会に出席するための外泊許可をとるところから、物語は始まる。原爆の後遺症で肝臓を悪くして療養中の父、短歌結社指導者の辻原、辻原の妹で信吉が思いを寄せる七歳年上のオリエ、オリエと結婚することになる大卒で勤労課勤務の寺山、大学夜間部を中退し、共産党の転籍届けとともに造船所に臨時工として入所する先輩の吉川。これらの人々が冒頭で登場し、信吉は、年長の知人たちから「ぼく」と呼ばれながら、歌を詠む。「てのひらの骨透くるまで七輪に火を熾しつつ逢ひたかりけり」。「安保って、なんです」、「職場――興味ないな」、「共産党？」と冒頭で喋っていた信吉は、「体の内側がひもじくて、そのひもじさをなにかに突き刺していたくて」、短歌から、造船所労働運動と党活動に、自らのすべてをかけて飛び込んでいく。恋愛、家族、友人関係とともに、原爆問題、安保闘争、三池争議、そして何よりも造船所職場闘争が、信吉の内部に食い込んでくるようになり、信吉は、自己変革と現実社会の変革の同時達成を求めていくことになる。

著名歌人の書生になるか、職場復帰かの選択の中から、職場復帰を選んだ信吉は、一九五九年八月、造船所細胞主催の党創立記念集会をきっかけに共産党に入党し、造船所細胞に属すことになる。一七名の造船所細胞の入党式での信吉の挨拶は、「――ぼくはあるひとを愛し、その世界から逃げるために――いや、逃げるというより、ぼくじしんを高めるために……いぜん、短歌をやっていて、その音数律からはみでたものの方に、生活を高めるものがあると感じたし、そのことのために……生きるために、じぶんは生きている、と、そういつもいうことのできる、そんなゆたか

図6　中里喜昭『ふたたび歌え』（筑摩書房，1973年）

さのために……」というもので、かすかにひろがる失笑に対して、造船所組合書記を勤める沢村が激高する場面が印象的である。

造船業における生産現場労働者

同時に、職場復帰後の信吉の仕事のなかみが、リアリティをもって詳細に描かれる。二年間の療養生活の後、信吉が復帰した職場は、「あたらしく、大きく変化していた。新型のクレーン、奇怪な走行サイレン、五〇トン・トレーラー……どれもさけびながら動いている。天井がすばらしく高い、スレートと波型ブリキの建屋、その内外にあふれる、タンカーの船体各部のブロック。……熔接法は新式で、熔接棒もちがうらしい」。「造船製図室は、現図場の二階をあたらしく仕切って造られていた」。「伍長がよばれ、組のもの十数名がつくる扇形のかなめで、信吉は紹介された。……組長は、それから工場長のところにつれていった。そのあとに、係長、事務、工師、工長と続く」。「いまは、ここの仕事もかわってきてね」。「できるか」。「まあ、眼が若いから、なんとかなるさ」。職場復帰初日の様子である。

「組長は、畳一枚よりやや広い机のひとつを信吉にあてがい、製図用具一式を支給した。ドイツ製のペン、質のいい鉛筆、各種のコンパスと大小二組の三角定規、倍率一〇のルーペ、製図インク、ステンレス製のスケール……。そのどれもが、扱い方に独特の知識を必要としている。「――やれるかね。どうだい」」。「とびたつように時間が過ぎたのは、はじめの数日だけだった。日がたつにつれ、信吉は、製図の用具が手になじんでくる早さで仕事になれていった。一メートルの長さの製図を、〇・二ミリの許容誤差内で仕上げられるようになると、それまで指導にあたっていた伍長は、たんに一般の製図工―先輩というあつかいではあるが、信吉らと同僚の位置にまわった」。

その後、信吉は、ボーシン（一等工手）であるトッシャンに選ばれて、二ヶ月の予定で、三〇〇〇トン級自衛艦の仕事に回ることになる。現尺の線図を引く作業であり、「現図作業というのは、ちょうど洋裁製図のように、船をもとの平面に還元してやる仕事だ。だから展開作業ともいう。……信吉らの仕事は、砲塔の基礎部分の全構造――その複雑にからみあう皮や骨の枝を、それぞれ、ばらばらな平面に解きほぐしてやることだった」。「だが、この仕事ははじめに考えたより難解だった」。信吉は、考えに考え、自宅に帰ってようやくその展開法を見つける。「あれは海上自衛隊の護衛艦だ、と、ふいにおもった。おれは共産党だ。しかし、信吉はにんまりしていた。いま、まちがいなくおれの気持ちはたのしい。胃から腸が熱くなって、からだまでがじんじんとうれしがっている」。

臨時工として入所し、溶接工となった信吉の先輩、吉川の仕事の様子も、具体的に語られている。「信吉はひさしぶりに船台にいる吉川に会いにいった」。「朝と晩とで体重が三キロも違うんだ」。「暗緑色の視野に、アークが、ひびきながらかがやいた。垂直に立てた二枚の銅板を、下から上へ溶ぎあわせていく対向溶接――かちあげといわれている溶接だ」。「これができなきゃ、溶接屋はメシの食いあげだ」。「この方法もいろいろあってね、こうひしゃげた円をかきながらのぼっていくやりかたもある。ここでやっているのは、こう三角をかきながらのぼる、いわば造船式だ」。

政治活動への没入と党派闘争

だが、造船製図工としての仕事になじんでいく一方、信吉は、新たに参加した党活動の嵐に見舞われる。造船所共産党細胞が、一九五八年夏から秋にかけての「エリコン闘争」、五九年からの「臨時工の常傭切りかえ闘争」を経て、造船所組合運動路線などをめぐって共産党中央と激しく対立するようになったためである。対立は、五九年秋の県党会議で、造船所細胞の方針が、党中央および県委員会によって全面的に否定される形で表面化する。反独占社会主義革命か、反帝反独占の民主主義革命か、という政治路線をめぐる対立、いわゆる「民主集中制」の組織原則をめぐる対立、細胞所属党員それぞれのありようなどが丁寧に叙述される。県党会議では造船所細胞の指導部である大河と沢村に批判は集中するが、代議員として出席した信吉も、他の造船所メンバーとともに、県委員会報告の決議に保留する。「党に入ることは、オリエとの別れに形をあたえてくれた。入党は、ひとつの決着であり、到達であるようにおもわれた。だが、それはいまや、うっとおしいくらい複雑なことがらの、はじまりにすぎなかった」。五九年秋の、これが信吉の心境であった。

一九六〇年に入ってからの細胞総会で、造船所細胞の指導部全員以下大多数の党員の離党表明がある。信吉を党に誘った吉川は、県委員会の水野の指示により、離党して非公然党員として「もぐる」ことになる。このことを信吉は知らされていない。離党グループは、「プロ専」（専業革命家）の沢村とT大出の大河を中心に「社会主義研究会」を組織し、ブントと連絡をとりつつ、新左翼政治党派としての活動を開始する。造船所共産党細胞は「じり貧の状態」となり、最終的には三〇名いた細胞メンバーは三名となってしまう。ここから共産党細胞の再建が始まり、信吉はその中核となる。「社研」グループ、およびそのメンバー何人かの動向も丁寧にトレースされ、三菱造船所労組執行部内のその後の動き、造船所労組の三池闘争支援の様子などが、安保闘争の高揚とともに、三池の一組（第一組合）、二組（第二組合）の対立、ホッパー闘争の位置づけなどと絡めて、生き生きと描き出されている。

「臨時工の常傭切りかえ闘争」は、信吉の先輩の吉川が、臨時工の資格で組合執行部選挙に立候補して当選し、臨時工の組合役員専従を認めるか否かが争点となって、執行部は、右派の刷新同志会も含め、実力行使を背景に闘うことを決定、六四時間ストが敢行される。しかし、会社側の態度は強硬で、結局、組合としても、これまでの実力行使から法廷闘争に切り替えるという提案をせざるを得なくなり、さらに六〇年に入ると、臨時工の本工化とあわせ不良臨時工七〇名の首切り、会社側の実力行使が強行される。オリエの夫である勤労課の寺山は、会社側の一員として組合側の信吉と対立する。寺山は信吉に対し、「きみにぶっとばされたのは、職分としてのぼくであって、ぼくじしんはなんともおもってやしない。むしろ……ぼくは、きみたちもみとめるし、『社研』もみとめる。むしろ、『社研』にくらべたら、きみたちのあれ――パルタイの方は、いくぶんおとなしすぎる不満はあるんだけれど」という。被爆者でもあった寺山は、オリエとの間に出来た子供に「被爆の拡散と生の証し」を賭けるが、オリエは流産し、その後、オリエは辻原の家に戻って、ふたりは別居となっている。信吉とオリエのつながりが復活する。

組合分裂

小説の最後は、一九六五年の組合分裂である。造船所組合は、分裂直前の時期は、右派の刷新同士会（刷同）が執行部を握っていた。ところが、この執行部から出された活動方針原案が否決され、このため、刷同は、中執（中央執行委員会）から自派の役員を全員引き上げ、第二組合結成へと動いた。三重工合併、合理化推進という動きのなかで、造船所労働者たちは、なだれをうって第二組合へと動いていく。刷同は、重工長崎造船労組を新たに結成し、信吉たち共産党系は、残されて一割を切った第一組合のなかで、「反・合理化を前提に、（社会党系同志会を軸とする）新体制を認める」という形で苦渋の再出発をすることになる。この決断の翌朝、信吉は、第一組合激励集会に出かけ、そこで出会ったかつての歌会の仲間とともに「忘年歌会」に出かけようとするところで小説は終る。

「それは一九五八年から六五年ごろにいたる三菱長崎造船所を背景とする一青年の自己形成物語にほかならないが、造船の労働、職場のようす、なかまの群像、労働運動のエトスと路線の対立――それらの情況と変化をたじろがず描きっている。主人公の選んでいる党派性によって一般的な説得性が損なわれはしないまでの充実を、この作品は示している」と、熊沢誠《くまざわまこと》（一九八六）によっても高く評価されたこの作品は、中野重治《なかのしげはる》『むらぎも』を髣髴とさせる叙情性をもち、また、恋愛小説としても読むことができる。

しかし、なによりもまず指摘しなくてはならないのは、本作品が、造船所現場の労働のありさまをリアルに描き出していることである。それらの描写は、本作品の各所で、主人公信吉や先輩吉川の動きにあわせて的確に挿入されており、この時期の造船業における技術革新や合理化の進展が、どのように労働過程を変容させ、労務編成を転換させていったのかを、具体的な様相で知ることができる。

造船業における技術革新と合理化

実際、本作品が対象としている三菱長崎造船所は、一九五五年からの第一次輸出船ブームでは、国内他社に対して圧倒的競争力を有していたが、そのことが逆に造船設備近代化、経営多角化への取組みを遅らせ、六〇年代初頭には石播相生《いしはりあいおい》の後塵を拝するようになっていた。こうしたなかで、長崎造船所では、大型ドック・大型クレーンの建設、工数削減・要員削減を軸とした合理化、そして三重工合併が提示され、生産現場の変容が急テンポで進行している。一九五〇年代後半から六〇年代にかけての、大型造船建造設備計画とそれにともなう労働過程・労使関係の変化、とくに『ふたたび歌え』で描かれた三菱長崎造船所での労働過程・労使関係の変化については、上田修（一九九九）が詳しく分析している。

仕事の変遷と身分意識、労働意識の変化

本作品では、学卒技師、造船所技術学校出身者、現場採用工間、あるいは、それとは別の視角からの、本工、臨時工間それぞれの身分意識、労働意識の微妙な相違についても、丁寧に掬い上げられており、仕事の変遷と、身分意識、労働意識の変化との対応関係をたどることができる。

造船所労働運動が、こうした労働者内部の身分意識・秩序意識と微妙に交錯していたことも、登場人物各人の行動や発言によって知ることができるようになっている。実際には、この時期の造船所労働運動は、四つの党派、派閥によって担われていた。「四派閥は、共産党はあらためていうまでもなく、同志会は社会党、刷同は民社党を支持し、社研は新左翼系とその政治的立場はそれぞれ対照的であり、かつ同志会は向島《むこうじま》地区、刷同は飽の浦《あくのうら》地区と水の浦地区、共産党は立神《たてがみ》地区（とりわけ組立溶接工場組立係）と浦上地区、社研は分会の青婦協といったように固有の支持基盤を有していた。しかも各派閥と支持基盤の結びつきは、強固であった」（上田修、一九九九）という。しかも、この四派閥の対抗関係は、組合執行機関において潜在的な対抗関係をとって現れるのではなく、組合内に公然たる内部組織をもって顕在化していた（久保田達郎他、一九七〇）。六〇年安保という枠組みのなかで、長崎造船所労働運動は、社会―民社、共産―新左翼という二重の対立を包含してい

ため、労働運動一般に加え、長崎造船所固有の矛盾を引き起こしていた。この点に関して本作品は、著者の当時の党派性に制約され、前者の対抗関係の把握は弱く、後者の対抗関係（三菱長崎造船所社会主義研究会、一九七三）を軸とする形で描かれている。ただし、この対抗関係の描写においても、著者は政治主義的な裁断は決して行っておらず、運動の論理に即した形で、信吉に社研のロジックと運動論を批判させている。

いずれにせよ、本作品は、重工業大経営における生産現場労働者の労働意識と労働過程そのものを、その両者の重なりのひだまで含めて描ききったということができる。

重化学経営における労働過程と労働意識

一九五〇年代末から七〇年代初めまでに書かれた、伊藤整、佐木隆三、黒井千次、中里喜昭四人の小説をとりあげて、その内容をみてきた。検討の結果として、冒頭の課題設定、「産業構造の重化学工業化にともなう労働と労働意識、その両者の変容を文学はどのように捉えてきたか」という問いにどのような回答を与えることができるであろうか。

ここでとりあげたのは、化学、鉄鋼、自動車、造船といった、高度成長期に急速に拡大した重化学工業部門であった。これらの産業分野における連続的な技術革新、革新投資をともなう巨額の設備投資は、それぞれの生産現場における労働過程を変容させ、労務管理のあり方も転換させた。この転換にともない、本社部門も生産現場部門も研究開発部門も、従来とは異なったシステムを導入することになった。ここでとりあげた四つの小説は、それぞれその変容の過程を、かなりの程度において的確に掬い上げており、労働意識や生活意識の変容を、登場人物それぞれの描写から読みとることができる。上述のように把握するならば、これまでの文芸批評ではみえなかったこれらの作品の特質、いわば各作家がとらえた高度成長期の仕事と労働社会の構造についての把握を抽出することができる。

都市化・地域開発と家族の変容

次に、高度成長期における家族の変容、すなわち家族構成の変化や親子関係・夫婦関係・親族関係など家族関係の変化、家族意識の変化という問題をとりあげることとしたい。渡辺洋三（一九九四）は、「高度成長下の日本社会全体の構造的近代化という基本法則に規定されて、一九五〇年代になお大きな影響力をもっていた前近代的家族制度は、六〇年代に入ってから決定的に解体の方向に向かい、それに代わって、戦後市民社会を支える基礎単位としての近代市民家族が、広範に出現するにいたった」として、高度成長期における家族の変容を検出し、新たに登場する近代家族の定着を一九六〇年代に求めた。また、目黒依子（一九九九）も、「日本の家族システムの大きな変化は、一九五〇年代半ばから七〇年代半ばの約二〇年の間にみられた」としている。そして、ここで成立した「近代家族」は、七〇年代半ば以降、早くも揺らぎ始めるとしている。

実際、産業構造の重化学工業化にともない、農村部から都市部への労働力人口の大量移動が生じ、就職ないし進学で大都市圏に移動した若年者の多くは、移動先の都会で結婚し、新たな核家族世帯を形成した。総務省調査を加工した岩上真珠（二〇一〇）作成の図表をみると、一九六〇年から七〇年の一〇年間で世帯数は一・五倍に増加し、これを家庭類型別世帯割合でみると、「夫婦と子供」という核家族の割合が一九七〇年に四六・一％というピークに達している。ただし、この「夫婦と子供」という家族類型の比率は、以後二〇〇五年の三〇・五％まで継続的に減少し、かわって単独世帯が一九六〇年の四・七％から二〇〇五年の二七・九％まで継続的に増大した。さらに、三世代同居などの非核家族類型の割合は、一九六〇年の三四・七％から二〇〇五年の一二・四％まで急減した。また、最初の『厚生白書』（一九五六年）では「標準五人世帯」という表現が登場し、総務省統計局の家計調査では、これにかわって一九六九年から二〇〇四年まで「夫婦と子供二人」を想定した標準世帯が使われていた。高度成長期には、核家族が「標準世帯」となったのである。

高度成長期における都市自体の変容や都市の膨張とそれにともなう都市化や住宅開発の問題も、こうした家族の変容との関連でふれられることになるだろう。まずとりあげるのは、都市生活者としての「近代家族」を描いた庄野《しようの》潤三《じゆんぞう》『夕べの雲』である。

都市型近代家族の形成——庄野潤三『夕べの雲』

庄野潤三のキャリア

庄野潤三は、一九五三年三二歳のとき、朝日放送東京支社に転勤となり、東京練馬、石神井《しやくじい》公園の麦畑の中の家に暮らし始めた。すでに二〇代後半から、「愛撫」「舞踏」「喪服」「恋人」などの短編を文芸誌に発表していたが、五四年一二月に「プールサイド小景」を『群像』に発表、これにより五四年下期第三二回の芥川賞を受賞した。同時受賞は、小島信夫の「アメリカン・スクール」。その後、五七年には坂西志保《さかにししほ》の推薦により、ロックフェラー財団の招待で一年間オハイオ州ガンビアにあるケニオン大学に留学、帰国後一年以上をかけて「静物」を執筆した。「静物」は、それ以前の「夫婦小説」から「家族小説」への転換点となった作品といわれているが、庄野はこの執筆に著しく難渋したようで、「私は『静物』を書いたあと、雑巾をしぼるようにして自分をしぼり出す小説はかなわないと思」ったというエッセイを『朝日新聞』に発表している。また、後年、「この年（一九五九年）は、『群像』の小説（「静物」のこと―引用者）のことばかり考えて、仕事はちっとも進まないままに日が過ぎて行った。芥川賞のあと会社をやめたので、生活は苦しくなった」との回顧も残している（庄野潤三、一九九八）。

「静物」の完成後、庄野は八年近く住んだ東京練馬を離れ、川崎市生田《いくた》に転居した。転居の理由は、静かだった東京練馬の家の前がオートバイの通り道になり、とにかく静かなところに移りたかったためという。

図7　庄野潤三

多摩丘陵地域への転居

生田転居後、ほぼ三年を経過してから執筆されたのが『夕べの雲』であった。『夕べの雲』は、一九六四年九月から六五年一月まで『日本経済新聞』夕刊に連載され、六五年三月には講談社から単行本となった。本書は、一九六六年二月、第一七回読売文学賞を受賞し、同年一二月には須賀敦子の訳でミラノのフェロ出版社から〝Nuvole di sera〟のタイトルで翻訳出版された。各章のタイトルをみると、「萩」「終りと始まり」「ピアノの上」「コヨーテの歌」「金木犀」「大きな甕」「ムカデ」「山茶花」「松のたんこぶ」「山芋」「雷」「期末テスト」「春蘭」。連載の始まった秋から冬まで、生田の山の上に住む大浦家五人家族の日常が淡々と描かれていく。

冒頭の「萩」には次のような文章がある。

八月のおわりのよく晴れた朝、仕事部屋から出て来て、萩の茂みを眺めると、大浦はその成育ぶりに初めて気が附いたようにびっくりしたのであった。もっとも、この声は家の中にいる家族には聞えなかったらしく、誰も返事をする者はいなかった。細君は風呂場で洗濯物のゆすぎをやっている最中であったし、子供は三人とも勉強部屋に引っ込んでいた。

この萩を近くの山から取って来て、ここに植えたのは、二年前のことだ。それは随分ちっぽけな萩であった。見つけたのは上の男の子の安雄で、あの時は小学五年生であったが、その膝よりもまだ小さかった。……あの時分は（この多摩丘陵のひとつである丘の上の家に彼等が引越して来てから一年経っていた）、早く風よけになる木を家のまわりに植えるのに夢中になっていて、萩だけでなく、この山に自生している山百合や春蘭を移植してみることも間にはあったが、どうしてもそれらの小さな植物は後まわしになっていた頃であった。

何しろ新しい彼等の家は丘の頂上にあるので、見晴しもいいかわり、風当りも相当なものであった。三百六十度そっくり見渡すことが出来るということは、東西南北、どっちの方角から風が吹いて来ても、まともに彼等の家に当るわけで、隠れ場所というものがなかった。

図８　庄野潤三『夕べの雲』（講談社，1965年）

これらから、大浦一家は、夫婦と子供三人のいわゆる核家族家庭であること、子供はみな学校に通っていること（しばらく読み進んでいくと、子どもたちの学齢は、高校生の長女、中学生の長男、小学生の次男であることがわかる)、数年前に多摩丘陵の一戸建てに引越してきたこと、以前の家には八年住んでいて、そこから浜木綿《はまゆう》、南京《ナンキン》はぜ、白木蓮《はくもくれん》などを植えかえのためにもってきたこと、大阪に兄がいてやはり庭いじりが好きなこと、何の職業かは分からないが、仕事場が自宅にあるところからみて語り手の大浦は居職《いじょく》であることなどがわかる。

核家族の暮らし

「萩」では、持ってきて植えかえた南京はぜ、白木蓮が枯れてしまったこと、家は丘のてっぺんで風が強く、木が根を下ろすことが難しいことが、同時に語られている。「せっかくひげ根を出そうとしても、こうしょっちゅう風にゆすぶられたのでは、ひげ根が土にしがみつく暇がない」と、新転入者の地域社会への「根付き」への不安が語られている。もっとも、引越して来て一年六ヵ月後に「植木控え」というノートをつけることを思いついたという文章からは、ほぼその頃から新しい生活が落ち着きをとりもどしたことも暗示されている。

「終りと始まり」は、長男で中学生の安雄の話と次男で小学生の正次郎の話である。毎年、一家で夏休みに外房の海岸に海水浴に行くこと、正次郎が夏休みの宿題として海草しらべや花の色染めをすること、兄の安雄がのんびり屋で、しばしば夏休みの宿題を失念してしまうこと、親兄弟が宿題の手伝いをしていることなどが語られる。次の「ピアノの上」は、長女で高校生の晴子の話で、日々の生活や些事を楽しむことのできる、しっかりもので落ち着いた晴子の姿がおのずから浮かび上がっている。

「コヨーテの歌」では、家族で観るテレビがとりあげられている。「彼等の家では、テレビのスイッチを入れるのは大浦か細君のどちらかということになっていて、安雄にしろ正次郎にしろ、勝手にスイッチにさわってはいけないのであった」というのである。もっとも、「長い間そのようにして厭がらせをしていた番組を、何かの拍子に子供と一緒に見物して意外に面白いのにびっくりすることがある。これは傑作ではないかと思う」父親であるから、家父長的に権限を行使していたわけではないことも明らかである。

日本型「近代家族」とは何か

「金木犀」「山茶花」「山芋」では、農協やら梨売りの爺さんやら植木屋の小沢さんなどと大浦家の人々の交流や、その交流をめぐる親子の会話などがとりあげられ、男の子たちの、くったくのない、それでいて豊かな感受性を、大浦とその妻がゆったりと受け止めていく様が、淡々とではありながら、生き生きと描かれている。

では、大浦家のこうした家族像はどのように位置づけられるであろうか。『夕べの雲』

の大浦家はまさに、一九五六年版『厚生白書』のいう「標準五人世帯」であり、岩上の検出した一九六〇年代の「夫婦と子供」そのものである。その点からみれば、大浦家は、高度成長期の核家族型小家族の典型であったといえる。しかし、そこで描き出されている家族関係が、日本の法社会学や家族社会学が検出した日本型「近代家族」と同値か、といえばそれは明らかに違うだろう。日本型「近代家族」をどう把握するかについては、一致した見方が確立しているわけではないが、夫婦と少人数の子どもからなる核家族家庭、夫／父は稼ぎ手、妻／母は家事と育児という家庭内性別役割分業構造の固定という二点を、その特徴とすることでは共通しているように思われる。また、多くの論者は、そこに戦前民法の直系家族的な規範の残滓を認め、高度成長期の企業内労務統轄機構との親和性を強調している。

しかし、これまでの引用からも明らかなように、『夕べの雲』の大浦家の家族関係においては、そうした権威主義的、家父長的関係はまったくといってよいほどみられない。子どもの教育についても、母親と父親はほぼ均等に関わっているようにみえる。この点からは、大浦家の家族関係は、ポスト高度成長期に強調されるようになる友達夫婦、友達親子のほうに近いかもしれない。あるいは、まったく逆に、吉野源三郎《よしのげんざぶろう》『君たちはどう生きるか』が描いたような古典的な知的小ブルジョア家庭の側にあるのかもしれない。

庄野における家長の精神

阪田寛夫（二〇〇二）によれば、初期の「舞踏」や「プールサイド小景」という〈夫婦小説〉から、「静物」を経て「夕べの雲」に至る〈家庭小説〉への転換の過程で、庄野は「『父』の精神、或は『家長』の精神とも云うべきものを自己の内部に発見してゆくおどろき」を表現しようという試みを長短いくつかの作品において行ったという。「舞踏」や「プールサイド小景」は、若いあるいは中年の都市サラリーマンの家庭に生じた愛の亀裂を描いており、「静物」は、家族生活と、そのなかで小動物や金魚鉢や絵本という形をとって現れる死の影を、陰影ある描写で綴っている。阪田は、『庄野潤三ノート』（一九七五）において、この『夕べの雲』の「大浦は一家の『生活の経験』の管理者という性質がつよい。そしてまた彼は、一家の理性と感受性をも代表している」と捉えている。「生活の経験」を管理し、「理性と感受性」を代表するという形での「家長」像を新たに提示しようとしたといえるかもしれない。

『夕べの雲』は、家庭生活それ自体、家庭生活のなかの親子間・夫婦間・兄弟間の日々の瑣事を淡々と描き、それらをそのものとして楽しみつつ、その背後に、せつなさ、寂寥感、無常感をかすかに感じとり続けている主人公の姿が折りにふれて現れる。そこに『夕べの雲』の限りない魅力が存在するのであるが、一九九六年の『貝がらと海の音』以降の、庄野の一連の「老夫婦もの」では、こうしたせつなさや寂寥感は影をひそめ、市井人の人生に対する自足が肯定的に描かれるようになる。

「舞踏」や「プールサイド小景」にある、人生に対する不安とか恐怖の延長線上に『夕べの雲』をみるか、それとも、一九九〇年代半ば以降の市井人のささやかな幸福に対する自足から『夕べの雲』を

『夕べの雲』の位置
——江藤淳の見方

読むかによって、『夕べの雲』の印象は大きく変わってくる。前者の代表として江《え》藤《とう》淳《じゅん》を、後者の代表として川本《かわもと》三郎《さぶろう》をとりあげてみよう。

江藤（一九六七）は、庄野の『夕べの雲』の主題を、孤独な都会生活者、「『ひげ根』を断たれて孤立し露出させられた者が直面している恐怖」、「一見いかにも幸福感にありふれた大浦家の日常生活」の「底にひそむ『恐怖』」にあるととらえた。そして、「われわれが『個人』というものになることを余儀なくされ、保護されている者の安息から切り離されておたがいを『他者』の前に露出しあう状態におかれたとすれば、われわれは生存をつづける最低の必要をみたすために『治者』にならざるを得ない」とし、「崩壊する母」にかわってこの役割——「『風よけの木』を植え、その『ひげ根』を育てあげて最小限の秩序

と安息とを自分の周囲に回復しようと試みる」役割——を引き受けるのは、「政治思想の対立を超えた産業社会の進展」、「その結果としてもたらされた農耕文化の崩壊」のなかで、好むと好まざるとにかかわらず再登場させられた「父」であるとした。

こうした把握から、江藤は、庄野の『夕べの雲』を「治者の文学」と名づけたが、江藤がそこで抽出した「治者」は、後年しばしば誤解されたような「家長らしい家長」ではなく、根拠を断たれた都市生活者の恐怖と不安の体現者としての「治者」であった。もっとも、高度成長期に急速に進展する核家族化、小家族化のなかで普遍化してくる「父」の役割が、はたして江藤のいうような「治者」であったかどうかは別問題であるし、『夕べの雲』の大浦が、そうした恐怖や不安を意識下にもつものとして描かれているかといえば、それはやはり違うだろう。おそらく、自身の幼少期の実体験から、江藤にとっては大きすぎた「母」の喪失が、こうした形での「父」像を作り出し、それが庄野の作品評価に投影されたと思われる。

『夕べの雲』の位置
——川本三郎の見方

これと対照的なのが川本三郎（二〇〇三）である。川本は、一九九六年の『貝がらと海の音』以降の、庄野の「東京の郊外に静かに暮らす老夫婦の日々を綴った連作」を読み解きつつ、それらを、「家族の幸福」、「小市民の幸福」を意志的かつ自覚的に描こうとしたものと把握し、その出発点を『夕べの雲』に求めた。川本は、戦前の家父長的な家族制度が崩壊した後も、「国家や社会という大状況に比べると、家族や家庭は、小さな日常として軽んじられてきた。大の男が、家族愛や夫婦愛など語るべきではないと考えられた」、あるいは、「日本の近代文学は、漱石以来『家族の不幸』をこそ描き続けていた」と、それまでの近代日本文学を捉えた。そうした日本文学に対して、一九六〇年代半ばに、「日本の中産階級に属する多くの家族」、「普通に社会人として生き、生活者として家庭生活を穏やかに営む市井人を主人公に据えた」小説を、意志的・自覚的に描き始めたのが庄野だ、というのである。

ここでの意志的・自覚的とは、こういう意味である。すなわち、庄野の小説で描かれているのは、決して「現実の幸福」ではなく「描かれた幸福」である。このため、庄野はまず「作家という特殊な自分を消し生活者としての小市民性を浮き上がらせようとする」、また、「生活の経済的基盤がほとんど語られない」、「子供の成長にとって重要な問題である筈の性の目ざめも描かれない」、「何よりも驚くのは、政治、経済、社会の大状況がいっさい捨象されていること」である。いいかえると「小さな日常の幸福を浮き立たせるためには背後にある負の要素はいっさい切り捨てる。強靭な覚悟」が庄野文学の核にあるというのである。

もっとも、『夕べの雲』の大浦家が、はたして川本のいうような、「日本の中産階級に属する多くの家族」、「普通に社会人として生き、生活者として家庭生活を穏やかに営む市井人」であったかどうかについては、これも、江藤の「治者」と同様、疑問である。すでにみたように、庄野の家族は、かならずしも日本型「近代家族」の特徴を全的に備えているとはいい難い。また、「小さな日常の幸福」は、その背後に必ず「せつなさ」や「寂寥感」を包摂している、これこそが『夕べの雲』の主題であったが、一九六〇年代前半に誕生してくる日本型「近代家族」の多くがこうした感受性を共有していた、いいかえれば、それだけの生活上の、あるいは精神的な余裕を保持していたかといえば、そうはいえないであろう。

地域開発小説としての『夕べの雲』

ところで、『夕べの雲』は、家族小説であると同時に、高度成長期における郊外に伸びる地域開発、住宅開発の物語でもある。大浦一家の建っている場所は、生田の山のてっぺんである。庄野は、「私の履歴書」のなかで、次のように述べている（庄野、一九九八）。

生田に引越して来た私たちは、近いうちにこの山がこわされて住宅公団の団地が建つことを聞かされたので、名残を惜しみながら山と親しんだ。先ず私たちの通り道にみんなで名前をつけた。駅から生田中学へ上がって来る道を『中学の道』（そばに大きな柿の木のある農家が一軒ある）、そこからわが家の方に尾根伝いに来る道を『まん中の道』、崖伝いに駅の方に下りてゆく道を『S字の道』（私たちは駅に出るにはもっぱらこの道を歩いた）、森の中を抜けて行く『森林の道』というふうに。

やがて山の木が切り倒されるモーターの音がひびきわたり、山の斜面をこわすブルドーザーが上って来る。私たちが二年半の間、どんなふうに生田の山と別れを惜しんだかは、三十九年九月から翌四十年一月まで日本経済新聞に連載した『夕べの雲』のなかに書いた。

『夕べの雲』には、次のように書かれている。

前にいた家も、その前にいた家も平地にあった。……ところが、今度の家は山の上にある。しかも四方が見渡せるところに一軒だけ建っている。四方が見渡せるということは、天に対して全身をさらしているようなものであった。せめて家のまわりに木があれば、いくらかでも気休めになるのに、引越してきて間がないので何もない。禿山と同じことである。

（「雷」）

山のいちばん高いところにあるので、土が乾きやすかった。すぐにからからになるのであった。椎の木の根元も乾きやすいが、山茶花のある場所は、もっと乾きやすかった。……夏の日照りで苦しんだ大浦は、冬の異常乾燥でまた心配した。小さな山火事が方々で起り、村の消防班がその度に出動した。

（「山茶花」）

大浦の一家と彼等がたまたま移り住むようになったこの丘との間に生れた親しいつき合いについて書くには、まだ多くのことが残されている。……だが、それはひと先ずおくことにしよう。それよりも、彼等がこれほど気に入っていた「山」が、いまは消えて無くなったことを書かなければならない。それは二年目の夏、赤と白のだんだら模様の棒と測量の機械と木の枝を払うためのなたを持った青年がこの山へ上って来た日から始まった。大きな団地が建つことになったのである。（「コヨーテの歌」）

大浦の家族がこのように彼等のいる丘と親しんだのは、二年半ほどの間であった。（測量の人たちが度々やって来るようになってから、木を伐《き》り始めるまでにも一年近くかかった）（「コヨーテの歌」）

多摩ニュータウンの開発

小田急線、京王線、国鉄横浜線が交錯する東京西郊の稲城《いなぎ》、多摩《たま》、八王子《はちおうじ》、町田《まちだ》に、それらをまたいで多摩ニュータウンの開発が始まったのは一九六五年からであったが、『夕べの雲』の大浦家が住まう小田急線生田地区の開発は、もう少し早かった。

多摩、麻生《あさお》区域は、多摩丘陵の南東の端に位置し丘陵を刻む河川や谷ぞいに古くからの集落があっただけで開発の手が入るまでは静かな山間の農村地帯で自然の宝庫であった。……一九二六（大正一五）年になって小田急電鉄が向丘《むこうがおか》地区に遊園地を開園、一九二七（昭和二）年には小田急線と南武鉄道が開通し、両線の接点である登《のぼり》戸《と》地区は宅地化が少しづつ進んだ。しかし、小田急線沿線の生田《いくた》、柿生《かきお》地区は農村地帯としての姿を崩さなかった、昭和三〇年代になるまでこの地区は、川崎の緑地地帯として開発の手がほとんど入らなかったのである。地域の大規模な開発は一九五八（昭和三三）年日本住宅公団による生田地区での区画整理事業によって出来上がった百合丘《ゆりがおか》団地造成が最初のものであった。以後、丘陵地をきりきざむ形で大規模な宅地開発が次々と行われてきている。（安田直樹、一九九〇）

本格的な宅地開発事業は日本住宅公団により進められた。まさに山を削り谷を埋める大規模な造成工事が多摩地区の丘に集中し、開発面積は三〇七haに及んだ。かつての群境いったいの山林・農地に建設された百合ケ丘団地には、小田急の駅が開設され、駅前商店街も整い、一九六八年には一万人余の住宅町に変容した。続いて生田地区に西三田《にしみた》団地、菅《すげ》地区に寺尾台《てらおだい》団地が建造されたが、いずれも緑に恵まれた環境の中にある。……公営住宅群の分布をみない住宅地域は、民間デベロッパーの住宅地開発や、一般住宅の建設が行われてきた地域である。……川崎市では、まず小田急沿線の公団の団地の周辺に、不動産会社や大企業が盛んに分譲住宅地を開発し、また寮や社宅群を建造している。多摩区の生田・王禅寺《おうぜんじ》・高石《たかいし》・細山《ほそやま》等の住宅地化により、一九六〇〜八〇年の間に柿生地区の人口は〇・六万人から五万に、生田地区では一・二万から九・六万に増加した。（多摩川誌編集委員会、一九八六）

『夕べの雲』にある住宅公団の団地とは、この生田地区の西三田団地のことである。高度成長期前期の東京西郊の地域開発は、日本住宅公団、東京都住宅供給公社、東京都といった公的機関、民間鉄道資本、民間デベロッパーなどによって、ある部分では相乗的に、ある部分では競合的に、またある部分では無政府的に進められていったが、『夕べの雲』では、そうした私鉄沿線における地域開発の様相が、「静かな山間の農村地帯」の「自然の宝庫」の喪失過程としてクリアに描き出されている。もっとも、大浦一家は「静かな山間の農村地帯」の原居住者ではない。都市生活者としてのライフスタイルが生田への転居によって変わったわけでもない。「とにかく静かなところに移りたかった」とはいえ、「都市生活者」という立場からみれば、どちらかといえば「開発に与する側」の人間である。それゆえ、団地造成などの地域開発は、「山と親しんだ日々」を変容させていったとしても、それが大浦家の「経済的基盤」そのものに直接影響をあたえるものではない。にもかかわらず、庄野の『夕べの雲』は、高度成長期以降に普遍化してくる都市生活者の家族像を、いわば先取り的に描き出すことに成功しており、沿線開発が生み出していく自然破壊のもたらす喪失についても、読者が「せつなさ」や「寂寥感」を共有しうる形で提示しているのである。

地域開発と農村家族の崩壊——立松和平『遠雷』

地域開発は、地域社会や家族のあり方を大きく変容させるが、その変容に直面するのは、そこに「生業の手段」を求め、そこに「経済的基盤」を置いていた人々に他ならない。高度成長期における工業団地やコンビナートの建設、住宅団地の造成は、都市近郊農業を展開してきた地域にも押し寄せ、米と野菜を基盤として営まれてきたそれまでの「農村家族」のありようを大きく転換させていった。こうした地域開発がもたらした「農村共同体」の解体、「農村家族」の崩壊と、そのなかで農業にこだわる農村青年の意識と行動を描いた小説として、次に、立松和平《たてまつわへい》『遠雷』（河出書房新社、一九八〇）をとりあげたい。

本書は、同年、野間文芸新人賞を受賞、翌一九八一年には、ＡＴＧ（日本アート・シアアター・ギルド）により映画化された。監督はロマン・ポルノ出身の根岸吉太郎《ねぎしきちたろう》、脚本は荒《あら》井《い》晴彦《はるひこ》。主人公の満夫を永島敏行《ながしまとしゆき》、その友人の広次をジョニー大倉《おおくら》、満夫と結婚するあや子を石田エリ、満夫の父松造をケーシー高峰《たかみね》、満夫の母トミ子を七尾玲子《ななおれいこ》、満夫の祖母を原泉《はらいずみ》、満夫の兄を森本レオ、団地の主婦カエデを横山リエ、その夫を蟹江敬三《かにえけいぞう》、満夫の父の同棲相手チイを藤田弓子《ふじたゆみこ》が、それぞれ演じている。

図９　立松和平『遠雷』（河出書房新社，1980年）

都市近郊農業と農村青年

『遠雷』は、ビニールハウスの場面から始まる。住宅団地と工業団地の造成によって、農地が買われ、主人公の満夫が、わずかに残った土地でハウス栽培のトマトをつくっている。ハウスの隙間からは団地がみえている。

満夫が、トマトをハウス栽培している場所は、こんなところである。

> 二年前には団地などなかった。一帯は水田と栗畑と雑木林で、草木や鳥獣虫魚のひっそりとした気配に満ちてい

図10　「遠雷」（根岸吉太郎監督，ATG，1981年）

た。雑木林に囲まれた幅広い谷のかたちで田がひろがり、中央を川が流れていた。何代もかかって拓き整えてきた美田だった。米もよくとれた。村の田はこのあたりに集中していた。田起こし田植え草取り稲刈りと、満夫は両親と陽のある間野良にでていた。……

ここに県が住宅団地と工業団地をつくる計画をたてたのだ。みんなは札束で横面を張られるようにして土地を手放していった。東京で銀行員をしている兄の哲夫に相談すると、高く売れるのなら売ったほうがいいと素気なくいわれた。村中が買収に応じたので、一軒だけ頑張っていることはできなかった。

ブルドーザーの群がやってきた。樹木を根こそぎに踏み倒し、土を削って田を埋めた。栗畑をつぶし、川の流れを変え、瞬く間に地平線が見えるほどの赤むけの平地をつくった。地面に積木をならべるようにして建物ができていった。トラックに荷物を積んで人が集まってきた。農道がひろげられアスファルト舗装され、車がひんぱんに通るようになった。スーパーマーケットや寿司屋やスナックができた。まるで手品を見せつけられるような手際のよさだった。

こうして農業を離れた満夫一家は、いったんは企業に雇われる。

土地を手放す時の条件どおりに、満夫と両親は工業団地の製菓工場に雇われた。東京の兄に電話で相談すると、働き口があるなら口座の金に手をつけずにすむからいいじゃないかといわれた。満夫は製品を街の問屋におさめる小型トラックの運転手で、両親は工場の清掃係になった。つまらない仕事だった。金は通帳にうなっていたので我慢して働くことはなく、三人は話しあって同時に辞めた。他の村の連中も工場勤めはつづかなかった。

地域開発による農村家族の崩壊

生活の基盤である土地を手放し、工場での仕事にもなじめない満夫の父は、安普請のアパートで、スナックの女チイとの同棲を始める。満夫の母は、満夫の同級生の広次と一緒に、土方仕事にでて、交通整理の旗振りをやっている。これに対し、息子の満夫は、「かろうじて残った草だらけの土地にビニールハウスをつく」り、「トマトでもキュウリでも花卉《かき》でもいい、とにかく農業をやりたかった。やり直しだ」と、もう一度、農業に向き合おうとする。

「汗ばんだビニールが眩しかった。よく見れば微小な水滴一粒一粒が虹を含んでいた。ふくれて重みが支えきれなくなると、水滴は涙のように流れ落ちた。そこから陽光が鋭く射してきた」という冒頭の記述や、「夜になって雲がでた。月も星も見えなかった。電源をつないだ。コードに首飾りのようにつながれた電球と、熟れたおびただしいトマトが、一斉に赤く照り輝いた。一瞬あたりは華やいだ雰囲気に満ちた。闇の底にひそかに隠されていたものの前に、不意に立ってしまったようだ。きれいだった。トマトの赤い壁を見とれて歩いた。果実に手を触れ頬ずりした」という記述には、農業に向き合うこと、体を動かして農作業することの喜びがあふれている。満夫は、団地の人妻カエデや、見合いの相手で物語の末尾で結婚することになるあや子とのセックスを、このビニールハウスで行う。セックスは直截な表現で語られているが、これも、満夫にとっての「聖域」であるビニールハウスで、はじめて自己回復と自己実現がなされうることを示している。

解体する農村共同体

満夫の兄哲夫は、高校卒業後、農業に見切りをつけ、東京の銀行に勤め、埼玉の狭い公団住宅に妻子と住んでいる。『遠雷』には、満夫の祖母、満夫の鏡像ともいうべき高校同級生の広次も登場する。部分的に痴呆が現れた祖母は、自分が嫁入りした頃の思い出や、農作業での厳しい労働のつらさをしばしば語る。この祖母は、「一帯が水田と栗畑と雑木林」であった時代、農村共同体が強固に存在していた時代を象徴する存在となっている。

一方、同級生の広次は、高校時代は「腕力が強く、上級生が一目おく」存在であったが、満夫の家と同様に、家のコメ作り用のわずかな土地を残して、農地を売り渡してからは、土方仕事で日銭稼ぎをしている。広次は、満夫も一度関係をもった団地の人妻カエデに狂い、大金をもって一五日間の逃避行の末、カエデを絞め殺してしまう。満夫の祖母も、村人が集まって大騒ぎを繰り広げる満夫の結婚式の当日、老衰死を遂げる。そして、満夫の自己実現の拠り所であったハウス栽培のトマトも、市場で価格が暴落しただけでなく、トマトの株にアブラムシがたかってすべてを焼却せざるをえなくなる。トマトの季節の終了とともに、ハウスも閉鎖される。

雑木林がとぎれると、不意に視野がひらけた。あたり一面緑色の穂をつけた稲が風の行方を追って騒いでいた。穂がすれあって微かに金属的な音をたてていた。広次が舞っていると見えたのだった。……風に揉まれる稲穂の上で、祖父母や父や母や広次や村の衆が輪になって踊っている気がした。よく見ればあや子も満夫自身も、手を打ち足を踏み鳴らして楽しそうに踊っていた。そう見えたのも束の間、何もかも突風にさらわれ跡形もなくなってしまった。上空で風がねじれこすれあう音がしていた。心持ち台地になっている野菜畑や、散在している家や黒い雑木林に、雲の切れ目から淡い粉のような陽がかかっていた。雲の動きにしたがって陽は交叉した。誰かが上空で探しものでもしているふうだった。空に大河があるように大地の彼方に急速に流されていく雲が瞬間仄明るくなり、間をおいて雷鳴が聞こえた。まだ遠かったが、雷は確実に近づいてきた。

これが『遠雷』の締めくくりである。

村の慣習に従った結婚式のドンチャン騒ぎのさなかに「生まれてくる子と引き換えのように」逝った祖母を想い、紋付羽織《もんつきはおり》、白足袋《しろたび》のまま外に出た満夫の眼に映ったのは、幻想の水田、「草木や鳥獣虫魚のひっそりとした気配」に満ちた美しい田園風景であり、そこでの幻想の祝祭である。現実の結婚式という祝宴と二重写しになるこの幻想の祝祭は、遠くから近づいてくる雷鳴によって打ち砕かれそうな予兆を示している。あや子と新しい家庭をつくることによって崩壊しかかっている家＝家族の再建を図ろうとする満夫の前途に対する不安や恐怖を暗示して『遠雷』は閉じられる。

立松和平は、『遠雷』の執筆当時、宇都宮《うつのみや》市役所に勤めていた。早稲田大学時代に執筆した「途方にくれて」が『早稲田文学』に掲載されることになったため、内定していた大手出版社を蹴って留年し、文学者として生きていくことを目指した。新左翼学生運動の同伴者であったこともそうした決断を後押ししたようである。しかし、その後なかなか芽が出ず、経済的理由から帰郷し、市役所勤めの傍ら、ふるさと栃木や近郊農村を題材とした小説を書き続けていく。

一九八三年に河出文庫に『遠雷』が収録された際、同書巻末に収録された「著者ノート遠雷の風景」で、立松は当時の状況を次のように書いている。

「境界」線上の風景

私は栃木県宇都宮市の郊外に暮らしている。街の中心部からおよそ十キロ、田んぼの真中に身を寄せあっている安普請の建売り住宅団地である。街からくると、田んぼの緑の海を渡って島に着いたような感じだ。……私の暮らす建売り団地の横には四車線の立派な新バイパスが通り、その向こう側には鉄筋コンクリート四階建ての市営団地と広大な工業団地が墓石のような姿をならべている。

この一帯はかつては横川《よこかわ》村といい、戦後すぐに合併されて宇都宮市横川地区になった。村役場は市役所の出張所になり、村民は市民と呼ばれた。

私の父は横川村の農家の三男として生まれた。家は長兄に譲って東京にいき、満州に渡り、兵隊にとられてそこで終戦を迎え、身ひとつで宇都宮に戻ってきた。

幼い頃より見知っている古い農村の姿が、私の内部には心象風景のように焼付いている。涙がでるほどに懐しい風景である。ところが、現実に私の前にひろがる風景は、そこからあまりに遠い。……

村の命の流れのようだった江川《えがわ》は、団地の設計の都合で流れを変えられ、腐臭を放つドブになっている。さらさらと白い砂がたまっていた川底には、空壜のガラス片が落ち、空罐が埋まり、プラスチックのゴミが流れてくる。……

土地は日々変貌している。私の眼には壊れていると見える。

これほど激しい有為転変に直面している都市近郊農村の姿は、グロテスクである。農村自身が変わっているというより、都市を鏡のように写している。都市が病的に肥大していく近代日本の現実は、都市近郊農村に奇形となって集約してくるのだ。

『遠雷』が書かれたのは、こうした状況のなかでであった。都市的近代／農村的前近代、工業的機械生産／農業的手工業生産、近代的貨幣経済／農村的実物経済、こうした対抗の「境界」線上の存在として、『遠雷』の土地も、トマトハウスも位置づけられている（立松、一九八六）。

地域開発と工業開発―宇都宮工業団地

では、ここで描かれている工業団地や住宅団地の造成は、現実にはどのように進んだのか。広大な関東平野の一部を占め、地味豊かで水にも恵まれた農業県として発展してきた栃木県は、一九五四年「工場誘致条例」を制定し、事業税減免などの優遇措置をはじめ、国の工業化の進展に呼応し、用地・労働力・資金等の斡旋につとめ、工場誘致体制を強化した。また、「工場立地の調査等に関する法律」にもとづき、工場適地の調査、選定を行い、五八年から六〇年にかけて県内七地区を工業適地に選定した。宇都宮市も、五五年四月に「工場誘致条例」を制定し、一定基準以上の立地工場に対し、固定資産税額の範囲内で、三年間奨励金を交付する優遇措置を講じるなどして、主として京浜地区からの地方分散工場の積極的な受け入れ態勢を整備した。

当初はもっぱら民有地の斡旋が主なものであり、工場誘致状況は活発ではなかったが、六〇年池田内閣が所得倍増計画の一環として、低開発地域工業開発促進法と新産業都市建設促進法を制定し、地域開発と地方進出企業に対する優遇措置を推進したことを契機に、工業団地形成への流れが形作られた。栃木県は、これに積極的に呼応し、工場誘致が県内産業振興の基本であるとして工業開発計画を立案した。宇都宮市でも、首都圏整備計画の一環として、工業衛星都市を建設し、工業生産力の増強と所得水準の向上を図ることとなった。

こうして、宇都宮市においてまず造成されたのが、宇都宮工業団地（平出《ひらいで》工業団地）であった（宇都宮市史編さん委員会、一九八一）。宇都宮工業団地は、六〇年三月、地方自治法第二八四条第一項の規定により発足した宇都宮市街地開発組合が造成主体となって団地造成が開始された。宇都宮市東部の山林六〇万坪、畑地二五万坪、その他を含めて全体で九二万坪が団地造成の対象となった。用地取得は六〇年から行われ六五年に完了した。また、道路、公園、緑地、排水施設整備等一切の事業は翌六六年に完了した。工業団地への企業誘致は、六一年から開始され七〇年に完了した。県外だけでなく、市内既存工場の業務拡大による郊外移転策にも支えられての完了であった。

その後も、宇都宮市での工業団地の造成は次々に進展し、七〇年には、中小工業団地の集約と住宅団地の造成を目的とした瑞穂野《みずほの》土地区画整理事業（一九七三年から七八年）が、翌七一年には、内陸型工業団地では国内最大規模の清原《きよはら》工業団地（市街地開発組合）の用地取得が始まり、工業団地造成の勢いは、高度成長が終焉した一九七〇年に入ってからも継続した。

『遠雷』の舞台となったのは、この瑞穂野工業団地であり、四階建ての市営住宅は、工業団地の北側にあるさるやま団地であった。瑞穂野工業団地の分譲は七八年から八三年にかけて行われ、団地の総面積は三〇万㎡、うち工場用地が二〇万㎡で、敷地面積は比較的小規模であったが、入居事業者数は八〇社を越え、その主な業種は、自動車・家電製品等の周辺部品や梱包用材製造業者などであった。こうした連続的で大規模な工業団地の造成によって、都市近郊農業と都市近郊農村の基盤が突き崩されていったのである。

関東地方農業の再編

実際、池田内閣の所得倍増計画を前提とする低開発地域工業開発促進法と新産業都市建設促進法は、それまで農村地帯であった地域に、工業団地の造成等を通して工業化を促進した。また、これにみあうような形で六一年には農業基本法が制定され、機械化による農業規模の拡大と野菜・果実・畜産物などのいわゆる成長農産物生産への選択的拡大を通して、伝統的米麦中心農業からの脱却を図ることを意図した。六二年度からの第一次農業構造改善事業、六八年からの第二次農業改善事業はその具現化を図ったものであった。この結果として、関東地方農業は、六〇年以降、農地の壊廃、農家数・農業人口・農業従業者数の減少、農家の兼業化等を進行させるとともに、米中心の生産構造から複合型生産への転換を緩やかにもたらすことになった。

『宇都宮市史』は、「本市工業の進展が農業青少年の他産業への流出及び農業労働力の劣弱化をもたらし、農村社会の重要な問題として表面化したのは、昭和三五～三六年頃で、対策が図られるようになったのは昭和三七年度の第一回後継者激励会及び市農業後継者育成会の結成からである。……昭和三十年代以降の本市は、工業化による都市化が一段と促進された時期である。……ここでは、農地転用による耕地の漸減及び農家戸数の漸減が明らかとなる」と述べ、市工業の進展が直接農業後退と結びついていたことを強調している（宇都宮市史編さん委員会、一九八一）。

また、高度成長期関東地方農業を分析した澤田裕之（一九九五）の指摘によれば、栃木県では、米型市町村数は六二年の四一から九〇年には一九に減少し、替って複合型、野菜型、畜産型が増加したことが示されている。上述の『宇都宮市史』においても、高度成長期における蔬菜《そさい》園芸、栽培作物への転換が強調されている。とくに、『遠雷』の主題となったハウストマトに関しては、「トマトの栽培は、昭和三十年頃からの抑制栽培による夏・秋トマトを中心に、加工トマトの契約栽培及びビニールハウスによる促成及び半促成栽培を加え、急激に産地化が進む」、「本市における抑制トマトの産地化は、昭和三一年度における適地適産団地の形成計画に特産団地化（トマト・玉葱・いちご他）に基づくところが大」と指摘され、市町村別トマト作付《さくづけ》面積（一九六六年）では、宇都宮市が栃木県内で最大の作付規模を示している（宇都宮市史編さん委員会、一九八一）。

工業団地造成による土地買収

このように、高度成長期における工業化の進展は、一方で、直接に農業の後退をもたらすとともに、他方で、農業生産構造の転換を生みだしていくのであるが、『遠雷』で描かれているような田畑・山林の買収による農村の解体、農村家族の崩壊は、いわばその極限的な形態であって、かならずしも農村・農民全体に普遍的・一般的に適用しうるものではなかったことも指摘しておかなくてはならない。多くの農村と農民は、「土地成金」となって成り上がることも、持ちきれない金を手にして崩壊することもできなかったのである。

したがって、工業団地の造成による土地買収は、農業解体、農村解体を象徴するものとして位置づけられる。そして、そうしたなかで、なお、農業に賭けようとする青年の存在、都市と農村がせめぎ合う「境界」線上にある青年の存在を「発見」したことが、立松に『遠雷』を執筆させることになった。『遠雷』執筆の直接のきっかけを、立松は、次のように述べている（立松、一九八四）。

私の暮らす団地の隣にビニールハウスがあり、キュウリを栽培していた。世間に対し突っ張っているような、腹に一物ありそうな、たとえば車に太いラジアルタイヤをはかせてマフラーをとり、夜の国道をかっとばしてあるくのが似合いそうな青年が、一人で黙々とつまらなそうに働いていた。ところがある日、青年に彼女ができ、二人でいかにも楽しそうに、たとえば舞踏でもしているように、ビニールハウスの仕事をしているのを見かけた。私が朝出勤する際に見かけた二人は、私が一日の労働で消耗して帰宅する際にも、嬉々として働いているのだった。私までが楽しくなるほどの明るさであった。

しかし、『遠雷』（一九八〇年）はそれだけでは物語は完結しなかった。上述の『遠雷』の末尾の叙述それ自体が続編の執筆を要請していたのであるが、実際に、『春雷』（一九八三年）、『性的黙示録』（一九八五年）へと書き継がれ、その後、かなりの期間を経た末に、一九九九年『地霊』の刊行によって、ようやくこの一連の作品群は完結する。満夫とその周りの人々のその後はどうなったのか。作者自らが語るところによれば、次のようである（立松、一九九九）。

『遠雷』から『春雷』をへて『地霊』まで

『春雷』では、土地を売った父の松造が家に帰ってくる。突然転がり込んできた大金に狂い、街のスナックの女と暮らしていた松造も、蕩尽の果てに金を使い果たしてしまう。息子の満夫は『遠雷』で結婚したあや子と、懸命に村の暮らしを守って家庭をつくっている。満夫が精魂込めてつくっているトマトハウスで、未来に絶望した松造は農薬をあおって自死してしまう。

『性的黙示録』では、満夫は妻のあや子との間に二人の子をもうけ、母トミ子とともに街で暮らしている。土地をすべて売り払い、貸蒲団屋で働いているのだ。貸蒲団屋社長水野はバブル経済の時代が生んだ欲望に放埒な俗物で、あや子を巻き込んで夫婦交換を迫ったりする。『遠雷』から十年の歳月が流れ、殺人事件で服役していた広次が出所してくる。広次は高速で走りつづけている時代に適応できず、怪しげな宗教理念を妄想している。夫婦仲が冷えきっている満夫とあや子の家庭での居場所のない母トミ子は、広次の妄想に共感する。満夫も時代に適応できず、いつも目の前にいる俗物水野を金属バットで殴り殺して車のトランクに隠し、何気なく日常生活をしている。……村の解体、家の解体ときて、ついに個の解体へと至るのだ。

それからまた十年がたち、消えてしまった村に、放浪していた人たちが戻ってくる。村人を追いやるほど力に満ち、時代の波に乗ってやってきた団地は、ついに悪鬼の棲むスラムとなっている。経済万能の時代が通り過ぎていったあとには、何が残っているのか。広次や満夫はこの時代の中でどんな観念を紡ごうというのか。

「魂の救済は可能か」

これが『地霊』の世界である。水野を殺して終身刑を受けていた満夫が仮釈放で出所するところから物語は始まる。新興宗教の教祖まがいとなった広次と教母として広次に従うトミ子のところに戻った満夫がみたのは、スラムと化した団地と中古車販売店に積まれた廃車の山であった。物語は満夫と広次が交互に主体となる形で進行するが、最後は、団地に住む中学生の飛び降り自殺に満夫が巻き込まれ、仮釈放が取り消されて刑務所に戻る場面で閉じられる。

『性的黙示録』と『地霊』の間にはオウム真理教事件があり、「無明の闇」を歩く満夫や広次にとって「魂の救済は可能か」が、新たに『地霊』の主題となる。あるいは、「光の雨」事件といわれる盗作問題（栗原裕一郎、二〇〇八）を契機に、立松自身に宗教への傾斜がみられたことが、このような主題の設定に反映しているのかもしれない。黒古《くろこ》一夫《かずお》（二〇〇二）は、この四部作の最後では、「果たして人間は『土＝自然』から離脱してもなお生きる拠り所＝魂の安息を得られるのか」、「コンクリートとアスファルトで塗り固められたこの地上で真の『救済』は可能か」が主題となったと位置づけており、立松自身もそのようなことを、あちらこちらで語っている。

しかし、『遠雷』の意義と画期性は、やはり、高度成長期の都市近郊農村における地域開発のありようと、それによる農村や農村家族や諸個人の解体・崩壊の様相を、「境界」という概念の発見によって描き出した点にこそ求められるべきだろう。庄野潤三の『夕べの雲』では大浦一家の外部にあった地域開発は、『遠雷』では、満夫や広次の生き方や意識を根底から規定するものとして、彼らの内部に内面化されていたからである。

家長像の崩壊——笹沢佐保『拳銃』

ここで、もう一度、日本型「近代家族」に戻ることにしたい。戦後日本の家族社会学は、核家族・少人数家庭のもとでの家庭内性別役割分業構造の固定化と直系家族的な種々の規範の残滓に、日本型「近代家族」の特徴があるとした。そこで、本章の最後に戦後家族のありようの変化を戦後史の推転の中に描き出した作品として、笹沢佐保《ささざわさほ》『拳銃—家族たちの戦後史—』（文藝春秋、一九七八）をとりあげることにしよう。

高度成長期家族像のオムニバス

『拳銃』は、『オール讀物』一九七六年九月号に掲載された「拳銃」ほか、同誌に七八年八月号まで断続的に連載された七本の小説をまとめて、単行本としたものである。単行本の収録順に各タイトルを示すと、

「飢餓」「観衆」「絶食」「祭典」「人質」「姦淫」「拳銃」となる。とりあげられている時代は、収録冒頭の「飢餓」が敗戦直後の一九四六年であることを除くと、すべて高度成長期を対象としている。単行本のサブタイトルに「家族たちの戦後史」とあるように、いずれも、高度成長期のそれぞれの時期のトピックを題材にしつつ、そこで起こった事件や出来事に対する「家族」の対応を、あるときは推理小説仕立てで、あるときは風俗小説仕立てで描いたものである。そして、ここに描かれている家族像は、すでにみた日本型「近代家族」の一面、あるいはそこに移行する過渡期における家族像をクリアに抽出したものとなっている。

『拳銃』を執筆した七六年から七八年は、笹沢佐保四五歳から四七歳、作家として脂の乗りきった時期であった。若い頃に、本格派のミステリー作家としてデビューし、常時月産一〇〇〇枚、多いときは一五〇〇枚という驚異的ペースで作品を送り出す流行作家であったが、七〇年からは、新股旅《しんまたたび》小説と銘打って時代小説にも進出し、なかでも「木枯し紋次郎」シリーズは、市川昆《いちかわこん》監督、中村敦夫《なかむらあつお》主演でテレビドラマ化され、一大ブームを引き起こした。

こうしたなかで執筆されたのが、『拳銃』にまとめられた作品群であった。この七篇に登場する家族は、いずれも四〇代から五〇代の中年夫婦と三人から四人の子供たち、父親は全篇ほぼ笹沢と同世代である。『夕べの雲』のところでみた「標準世帯」に比べると、家族数が一～二人多いことに、まず注目しておきたい。それぞれの作品の対象となっている時期が四六年から七六年であるから、作者と同世代の家族を設定して、家族関係や家族意識の変化を、時系列的に追いかけたともいえる。

戦前型直系家族の物語

第一話の「飢餓」は、一九四六年、敗戦直後の時期に設定されている。ここで登場する家族は六人で、父親四八歳、母親四二歳、長男二一歳、長女一九歳、次男一五歳、三男一一歳。父親は、戦争中は大手企業の部長であったが、軍需部門の廃止にともなう業務縮小で退職を余儀なくされ無職となった、という設定である。「飢餓」のテーマは戦後の食糧難で、失職にともなう家計の危機と戦後インフレがこれに輪をかけている。そうした状況の下、ある日、玄関の門柱の前に、三升ほどの白米が入れられている紙袋を次男が発見する。この持ち主不明の白米を家族で食べてしまうかどうかをめぐるそれぞれの思惑が語られていく。わが家に恨みのあるものが毒入り米を置いて行ったのではないか、とか、家のなかに誰かドロボーがいて、盗んだものを置いたのではないか、といったやりとりがなされ、最後は、父親の「みんなで食べるんだから、一人だけ中毒するということはない。六人家族が揃って一緒に死ぬんだから、まあ諦めもつくってわけさ」という言葉に従って、米を炊くことになる。結局、米は隣家の田宮医院のお嬢さんが置いたもの、ということが分かって一件落着する。失職しているにもかかわらず、父親は六人家族の家長としての地位を占め、家族は、親子間や夫婦間の対立や軋轢もなく、家族の紐帯を保ったまま終結を迎える。

上述したように、この後の六話はいずれも、家族構成や家族の年齢構成が、この「飢餓」とほぼ同様である。その意味では、「飢餓」は、この後、継時的に語られていく家族の物語の基準点としての位置を与えられている。戦前の直系家族の観念を一定部分で引き継いだ敗戦直後の家族関係や家族意識が、高度成長を経るなかでどのように変わっていくかが、本書全体を貫く課題となる。

テレビのある暮らし

第二話の「観衆」は一九五五年の物語である。ここに登場する家族は五人で、父親四六歳、母親四〇歳で結婚二〇年、長女一九歳、長男一五歳、次男一二歳。父親の職業は、景気のいい大手弱電メーカーの総務部庶務課長で、住まいは麻布十番の商店街の裏手、やや元麻布寄りにある一戸建てである。現在とは異なって、五五年頃の麻布十番は、交通の不便な下町であった。この父親の帰宅が突然遅くなる。背広のポケットからは喫茶店のマッチも出てくる。給料日三日前に財布を掏られたと父親が家族に告げたり、一人で一泊旅行に出かけると言い出したりして、長女は、父親が浮気をしているのではないかと疑う。実際には、父親は家にあるテレビを観に、近所の人たちが押し寄せるため、自分の家に帰ってきた気にならず落ち着かない。子供たちも全員、テレビに影響され支配されるようになっているのが腹立たしく、近所の人たちが帰るまで喫茶店で時間をつぶしていたことが分かって、この物語は結末をむかえる。

ここでは、テレビが舞台回しの役割を果たしている。NHKでテレビ放送が始まったのは、一九五三年二月一日のことで、放送開始時点でのテレビの契約台数はわずか八六六台、同年八月に日本テレビが開局した時点でも約三六〇〇台にすぎなかった（伊藤正直他、二〇〇五）。当時のサラリーマンの平均月収が一万五〇〇〇円程度のときに、テレビ受像機の値段は国産一四型で一五万円以上もした。一般家庭に普及するにはテレビはあまりにも高すぎたのである。

この一家が麻布十番の商店街の裏手に住んでいるという設定も巧みである。当時の麻布十番は都心にある割には交通不便な下町であり、近所の人々が親子連れで押しかけても違和感のない環境だったからである。

この家にテレビが入ってきたのは以下のような事情からであった。

テレビを置いている家は金持ちか、珍しいものには金を惜しまないという人間か、特別な関係者かに限られていた。前田家（第二話「観衆」の一家—引用者）もその特別な関係者の範疇で、彦四郎の会社の自社製品を試供されたのであった。

一般家庭でテレビがある家には、近所の人々が親子連れで押しかける。……見せて減るものではないし、テレビそのものが珍しい見世物のようなものなので、いやとはいえなかった。前田家もその一例にすぎないのであり、贅沢品をひとり占めにしているると言われないためにも、近所の人々を迎え入れるようになったのだ。

昭和三十年になると、プロレス中継がテレビの人気番組になった。力道山《りきどうざん》ブームによって、テレビは黒山の観衆を集めたのである。……前田家の八畳の座敷では夕方から夜にかけて、笑いと歓声と拍手が絶えなかった。

こうしてテレビが家庭に入ってきた結果として、「秀也も哲也も父親のことには全く無関心」となり、「帰りの時間が遅れようが遅れまいが、そんなことはどうでもよくなり」、「テレビの前の最高の席に陣取ること」だけを考えるようになった。また、「大手企業の課長の娘だろうと、高校を卒業したら勤めに出るというのが一般的な傾向で」、「給与の半分なり三分の一なりを家に入れ」ていた長女も、ファッション・モデルになりたいといいだし、長男の秀也もテレビのアナウンサーになりたいといいだすようになる。敗戦直後の四六年には、まだ安定した形で存在していた父親の家長としての地位は、テレビが家庭に入ることによって、あっさりと崩れ始めるのである。

インスタント食品の登場

第三話の「絶食」は、一九六〇年の物語である。家族構成は六人で、父親五五歳、母親不明、長男二五歳、長女二三歳、次男一九歳、三男一六歳。父親の職業は浅草の小料理屋『あじ清』の主人、長男はホテルで働くフランス料理のコック、長女は自動車教習所の事務、次男は自宅の小料理屋で父親を手伝い板前を勤めている。この父親は、これまでの二話とは異なって、はっきりとした家父長的、権威主義的父親である。「頑固一徹な職人気質が、本物になりつつ」あって、カミナリ親父としての本領を発揮している。

このカミナリ親父が、子どもたちの日常の言動や職業意識・将来展望にまで、いちいち口やかましく叱責するのに対して、子どもたちが一致団結して、自宅二階でハンガーストライキを始める。ストライキが何日も続くのに、子どもたちは一向にへこたれる様子がなく、不審に思った父親が二階に上がってみると、そこではインスタント・ラーメンが食されていた。「世界一を目ざすコックと〝あじ清〟の跡取りが八日間も即席ラーメンだけを食い続けやがって、挙句の果てにインスタント食品の講釈と来ている。情けねえじゃねえか。呆れて、ものが言えねえや」というのが父親の述懐であるが、結局、子どもたちに「好きにしろ」というしかない。父親のあきらめと断念が物語の帰結である。

インスタント・ラーメンが初めて現れたのは一九五八年、この物語の二年前のことであった。一九五八年八月に日清食品が発売した「チキンラーメン」が最初であった。その後、六〇年には品不足も起きるほど即席麵の売れ行きは好調となった。新規参入メーカーも急速に増え、即席麵用自動包装機も開発され、好調な売れ行きを支えた。以降、スープ別添の袋麵は百花繚乱の盛り上がりをみせ、インスタント・ラーメンの市場を一気に拡大させていった。六〇年代には、日本の加工食品技術の発展は目覚しく、ラーメンだけでなく、スープ、カレー、シチュー、各種調味料、コーヒー、ジュースなどへと広がっていった。

「大量生産、大量販売を可能にするシステムの構築が急務とされ、食生活の合理化が求められていた」こと、「女性の社会進出、晩婚化傾向などの世相を背景に、簡単調理へのニーズ」が高まっていったこと、「スーパーマーケットが出現し」たことなどが、その背景にあった。

東京オリンピック

第四話の「祭典」の年次は一九六四年である。ここでの家族構成はやはり六人で、父親四五歳、母親三九歳、長女一七歳、長男一五歳、次男一二歳、三男九歳。父親の職業は高校教師であり、一家は、階下に四畳半二間と六畳、台所、風呂、トイレ、二階に六畳二間の二階建て一軒家に住んでいる。住所は世田谷区烏山《からすやま》、戦後に開発の進んだ小田急沿線の新興住宅地である。

この物語のトピックは、東京オリンピックである。六四年には、ベトナム戦争、新潟地震、富士航空機墜落事故、鉄道事故、品川勝島倉庫爆発など内外に多くの事件が続発したにもかかわらず、「この年の日本の世相は、泰平ムードの一語によって表現されていた。マンションなるものが世に喧伝され、みゆき族が名を売り、アイビールックが流行し、ワッペン・ブームは続く日本だったのである。そして、日本をそれ一色に塗りつぶしたのが、東京で開催されることになった第十八回オリンピックであった」。

父親新作の母方の親戚で又従兄弟と称する人物が一家八人で、このオリンピック観光を目的に居候を申し入れる。家族はこの受入れに大反対するが、父親は家長の面目をかけ、皆の不満を押さえ込んで、一〇月九日から一五日までの一週間、この遠来の客を迎え入れる。訪れたこの親戚一同の傍若無人な行動に一家は振り回され、家はてんやわんやの状態に置かれる。台風一過、一週間の滞在が終って彼らは帰郷するが、その直後、父親の父方の親戚で叔父が訪ねて来る。そこでの対話から、この親類がにせものであり、「八人の一行となって加山家に一週間の居候を決め込んだ。八人分の宿泊代と飲食代を、浮かせるための詐欺だった」ことが判明する。

一九六四年一〇月一〇日から二四日まで一五日間にわたって開催された東京オリンピックは、日本はいうまでもなく、アジア、非欧米世界で初めてのオリンピックであり、戦後日本にとっての歴史的転換点となった。東京オリンピックは、国家的イベントであり、この開催が決定されて以降、東京の都市改造をはじめとして、それ以外の地域も含めた社会資本整備が急速に進んだ。いたるところの道路が掘り返され、地下鉄や上下水道、立体交差の工事が進み、都心部をめぐる高速道路の建設も始まった。オリンピックの参加国は七〇、選手・役員は八〇〇〇から一万人、競技種目二〇、外国からの観光客は一日三万人と見込まれた。オリンピック競技場、選手村の建造だけでなく、オリンピック中継のためにNHKの内幸町《うちさいわいちょう》から渋谷《しぶや》への移転が行われ、都電が撤去された。六一年から六四年にかけて、パレスホテル、ホテルオークラ、ホテルニューオータニなどが建設され、オフィスビルや公団団地も建設された。東海道新幹線もオリンピックに間に合うよう開業した。東京の都市環境の悪化の中で、「蚊とハエをなくす運動」が押し進められ、衛生環境の整備も進んだ（老川慶喜、二〇〇九）。

こうした都市改造によって、東京の景観はオリンピックを契機に大きく変貌したが、それでもなお、国内からの観光客を含めて六万人を超えるとされる宿泊客を収容する施設は十分ではなかった。「祭典」のような状況は、地方に親類をもつ多くの家庭でみられたのであった。

よど号ハイジャック事件

第五話の「人質」は、一九七〇年の出来事に設定されている。家族構成は、祖母七五歳、母親未亡人五〇歳、長女夫妻三人家族（夫三四歳、妻二八歳、孫男子三歳）、次女二四歳、三女二二歳、末子長男一九歳の八人であるが、大手通信機メーカーの社長であった父親は「一昨年の秋に、心臓疾患により急死」し、遺族八人で生活している。住まいは練馬区の南大泉《みなみおおいずみ》にあり、「広い庭に囲まれた鉄筋コンクリートの家は、土地の人々から豪邸と呼ばれるのに相応わしかった」。

父親の死去後の家族関係はかなり悪化している。祖母は離れで寝たきりの毎日を過ごしており、「嫁や孫たちの悪口を言い、憎まれ口をたたくことに専念して」いた。「長年の嫁いびりに耐えてきた津矢子（母親）は夫の死後、すべての義務から解放されたとばかり、姑の絹代に対し冷淡な態度をとり続けている」。長女の令子は、「三つになる男児の母親」で、義父のひきで「通信機メーカーの総務課長にまで昇進させてもらった」その夫は、妻の実家に同居している。次女の洋子は総合商社に勤め、三女の秀子は大学を中退して劇団の研究生となり、末子は私立大学の学生である。一家は、相続税の支払いのために現金が必要で、子どもたちは、よど号ハイジャック事件の人質問題、身代金を話題にしているときに、「祖母を人質にしてもらって一〇〇〇万円手に入れればいい」などという薄情な話をしている。典型的なブルジョア家庭であり、三世代同居家庭である。他の六話と家族の年齢構成はだいたい同じであるが、家庭環境や家族構成はまったく異なっている。

この豪邸に人質強盗が入る。強盗は、未亡人の津矢子が欲しいといった金額と同額の最低一〇〇〇万円を要求する。祖母に対するあまりにもつめたい対応に、強盗たちは、「おばあちゃんは解放してやろう」、「夜中まで待ってラチがあかないようだったら、三人の娘を痛めつけてやろう」ということで、身代金を手に入れようとする。結局、この祖母が壺の中に隠していた二〇〇〇万円を強盗に渡すことで、一家は無事のまま強盗は引揚げる。これが、この話のスジである。三世代同居の家族関係は完全に崩壊していることが、よど号ハイジャック事件で山村新治郎運輸政務次官が乗客の身替りとして人質になったことと対比させながら、戯画的に描き出されているのである。

マイカー

第六話の「姦淫」の舞台は、一九七一年である。家族構成は六人で、父親五五歳、母親五〇歳、長男二七歳、長女二四歳、次男二〇歳、次女一八歳。父親の職業は中学校の教頭で、長男は中央官庁のエリート公務員、長女は銀行勤めだが結婚退職の予定、次女は高校三年生となっている。住まいは、第五話の舞台近く、練馬区西大泉の住宅街の一戸建てに設定されている。教育熱心な典型的中流家庭といえる。

主人公の次男一平は、ミッション系の私立大学二年生だったが、沖縄返還協定調印実力阻止デモに野次馬見物ででかけたところ、これに巻き込まれて逮捕され、野次馬と分かって警察からは釈放されたものの、学校側からは「警察に逮捕されるような軽率な行動をとった」として、見物に出かけた友人二人とともに退学処分になっている。

退学後、六ヵ月近くぶらぶらしており、暇をもてあまして、中古の国産車に乗って近所のスナックに出かけ、退学三人組で飲み会をやった。早めにスナックを出て、雨宿りと酔い覚ましのため車を停めていると、若い女性が「雨宿りをさせてください」と車に乗り込んでくる。合意の上、カーセックスとなり、その後、女性を送って帰宅する。ところが、翌朝には、強姦として訴えられており、刑事が自宅に来ている。家族は、全員、一平のいうことをまったく信用せず、最初から犯罪人扱いで、一家の恥だと、いっせいに非難と罵声を浴びせる。ところが、警察の取調べで冤罪と分かり、刑事に付き添われて一平は自宅に帰宅する。

しかし、「家族たちは、一平に声をかけなかった。声のかけようもないのだろう。一平を天下の大罪人として扱ったのは、五人の肉親だったのである。……一平の潔白を信じた家族は、ひとりもいなかった。両親が息子を、兄や姉が弟を、妹が兄を犯罪者と決め込んで、非難したのであった。……自分たちの立場だけを考えて、一平を非難したとしか考えられなかった。だが、結局は何事もなかったのだし、これまでと何ら変わりないのである。……しかし、そうはいかないぞと、一平は青い火花のような怒りを感じていた。町田洋子とその両親は、他人だから許すことも可能であった。だが、自分の親兄弟という肉親であっては、絶対に許せないのである」。こうして、一平は、車を出して、家族が自分をみていたとおりに、本当の強姦に乗り出す。これが皮肉な結末である。平穏にみえ、順調にみえた家族間の信頼関係が、ここでは、ほぼ完全に失われている。

この物語の舞台回しの装置となっているのは、マイカーである。マイカーという和製英語は、星野芳郎『マイ・カー――よい車わるい車を見破る法――』（光文社カッパ・ブックス、一九六一年）がベストセラーになって広まったが、実際に一般家庭にマイカーが普及してくるのは、六〇年代後半であった。マイカー時代の到来である。

一九六〇年代に日本の自動車生産は急拡大したが、その牽引力となったのは五〇年代のトラックに対して乗用車であった。乗用車の生産台数は五五年の約二万台から、六〇年に一六万台、六五年に七〇万台となり、六九年には二六一万台に達し、この一五年間で一〇〇倍以上も増大した。この増大の中心はタクシー需要にあったが、個人需要も六〇年代後半には急速に拡大した。五八年に、富士重工がスバル三六〇（三五八cc、四二・五万円）を、六一年にトヨタがパブリカ（六九七cc、三八・九万円）を、六六年に日産がサニー（九八八cc、四一万円）をだすなど、小型車が次々に市場に登場した（伊藤正直他、二〇〇五）。

この物語の年の直前、六九年には、日産では、一〇〇〇cc未満でサニー、一〇〇〇～一五〇〇ccでブルーバード、スカイライン、一五〇〇～二〇〇〇ccでセドリック、グロリア、ローレル、スカイライン、二〇〇〇cc以上でプレジデントが発売され、トヨタでは、同じく一〇〇〇cc未満でパブリカ、一〇〇〇〜一五〇〇ccでカローラ、コロナ、一五〇〇〜二〇〇〇ccでクラウン、コロナマークⅡ、二〇〇〇cc以上でセンチュリーが発売され、それぞれフル・ラインアップが実現されている（韓載香、二〇一一）。

海外旅行ブーム

最後の第七話の「拳銃」の年次は明示されていない。雑誌発表と同時点とすれば、一九七六年のこととなる。家族構成は七人で、祖母六七歳、父親五二歳、母親四六歳、長女二二歳、次女二〇歳、長男一七歳、三女一五歳。住まいは明示されていないが、静かな郊外の住宅街とされている。父親は、海軍士官出身で総合商社の役員、「やり手で、親分肌で、社員の信望を集め」、「実力があって弁が立って、押し出しが立派」という人物である。

しかし、高校生の長男清彦は、この父親に対し、「死んでくれたら、さぞ清々するだろう」と考えている。家父長的・専制的家長で、小さい頃から清彦への体罰はしょっちゅうだったし、中学に入ってクラブ活動を選択するときも一方的に剣道部入部を強要された。そして、今でも、父親の出勤時には家族全員で見送りに出ることになっていた。

清彦の父親に対する憎しみと嫌悪感は、こうした過程で増幅されてきたが、それが一挙に膨らんだのは、高校の親友三人とイギリスへの三週間旅行を計画し、彼一人が父親の反対で断念させられてからであった。そうしたさなか、暴力団同士の抗争で撃ち合いがあって、この界隈が騒然となるという事件が起こる。そして、その翌朝、清彦は、門の脇の植え込みに拳銃を発見する。拳銃はワルサーで、清彦は、これを使って父親を射殺しようと考える。どうやって父親を殺害するか、殺害後の生活をどうするのか、彼は、殺害前にあれこれ考える。

ところが、その日の夕方、この拳銃が、近所の子供が隠しておいたモデルガンであることが判明する。清彦は、「風船みたいに自分の身体から、空気が抜けていくような感じ」になり、「夢の中でひどく真剣だった自分が、滑稽に思え」、「色褪せた自分が、この上もなく惨めで」、「自分の馬鹿さ加減、軽率、愚鈍を思い知らされた気がした」。そして、再び父親の威圧感のもと、父親に従属する生活に戻っていく。

物語を動かしていくトピックは、ここでは海外旅行である。海外旅行が、個人家庭で一般的となるのは一九七〇年代に入ってからであった。一人当たりGNPは一九六二年にイギリスを抜いて世界第三位、六八年には西ドイツを抜いて世界第二位となり、家計に一定の余裕が出てきたことが主因であったが、それまでの厳しい外貨管理制度、外貨集中制度が、一九七一年のニクソン・ショック、第四次の資本自由化措置を契機に大幅に緩和されたことも追い風となった。実際、一九六四年に一二万人、六六年に二一万人、七〇年に六六万人であった日本人海外旅行者数は、翌七一年には九六万人、七二年には一三九万人と急増し、この話の対象時期である七六年には二八五万人となり、七九年には四〇〇万人を突破した（国土交通省総合政策局観光部、各年版）。

父親から子供への主人公の移行

この「拳銃」で示された家族像は、家族関係の形式的保持であって、実質的な家族の紐帯は、長男と父親の間では、長男の側から完全に否定されている。注目しておきたいことは、第一話から第五話までは、家長としての役割が否定されたり、家父長的権限が弱まったりする家族の変容が、父親を物語の主人公として展開されているのに対し、第六話とこの第七話では、主人公が子供、それも長男の側に移されていることである。家族の紐帯の切断が、子供の側の主体的行為によってなされるのである。高度成長の初期から展開期を経て収束期に至る過程で、家族の変容をもたらすベクトルの方向転換があったことを、この一連の物語は示している。そして、笹沢は、これらの物語を動かしていく素材を、それぞれ、テレビ、インスタント食品、東京オリンピック、マイカー、海外旅行に求めている。いわば、大量消費型社会の形成、「三種の神器（白黒テレビ、洗濯機、冷蔵庫）」や「3C（カー、カラーテレビ、クーラー）」といった均質な消費財の提供という大衆社会状況とみあう形で、家族の変容が進行していくことを具体的なイメージをもって明らかにしたのであった。

高度成長期の家族の変容

以上みてきたように、これらの作品では、高度成長期の家族の変容が、三者三様に描き出されている。

ポスト高度成長を展望したとき、庄野潤三の家族像と立松和平の家族像は対照的である。庄野の家族が、落ち着いた「近代家族」として、新しい三世代関係を作り出して定着するのに対し、立松の家族は、村の解体、家の解体から、ついには個の解体に至り、個としての再生を宗教に頼らざるをえなくなっている。家族の再生などはまったく覚束ない。

笹沢左保の家族像はどうだろうか。笹沢が描き出した家族は、典型的な「近代家族」というよりは、戦前の家族観を一部に引きずった過渡期の家族である。時系列的な進行のなかで、これらの家族は、家族としての紐帯の解体という一方向を向いて動いている。そして、この移行は、大衆消費社会の形成によってもたらされている。しかし、この家族が、次に、小家族的核家族として新しく再編されることになるのか、脱「近代家族」として、単身家族や非「近代家族」へと移行していくのかは、この時点では不分明である。

目黒依子（一九九九）が指摘したように、高度成長が終焉した一九七〇年代半ば以降は、「近代家族」が早くも揺らぎを示すことになるとすれば、新たに登場してくるのは、どのような家族なのか。それがいかなる形で描かれるかを知るためには、七〇年代以降、現在に至る文学をあらためてとりあげなくてはならない。おそらく、そこには、村上春樹《むらかみはるき》、村《むら》上龍《かみりゅう》をはじめ、高村薫《たかむらかおる》、宮部《みやべ》みゆきなどがいるが、それらをとりあげる前に、いったんは、干刈《ひかり》あがた『ウホッホ探検隊』、向田邦子《むこうだくにこ》『父の詫び状』、山田太一《やまだたいち》『岸辺のアルバム』などに迂回することが必要となる。しかし、いずれにせよこれは、本書とは別の物語となる。

五五年体制と統治システム

日本の高度成長は、日本経済の「近代化」であり、先進国へのキャッチアップの過程であって、そこでは、先進国型の産業構造への移行、大衆消費社会の実現、国際社会への適合が、ある部分は急激に、ある部分は緩やかに進行した。高度成長は、「旺盛な起業家精神、労働者の高い規律と志気、家計の高貯蓄率、高進学率」に支えられた「市場機構の良好なパフォーマンス」によって実現した（香西泰、一九八〇）とも、「投資が投資を呼ぶ」設備投資主導型経済成長であったともいわれている。そして、この進行の過程では、戦後改革期から連続する強力なマクロ経済計画やミクロ産業政策、財界や業界団体といった利益団体、五五年体制と称される新たな政治統治構造の形成などがあり、これらが、高度成長に対してどのように働いたのかについては、今日まで議論が続いている。

香西泰（一九八〇）は、高度成長の推進力としてのそれまでの見解、①「日本株式会社」説、大蔵日銀王朝説、②系列ワンセット主義仮説、③人為的低金利説、④過当競争説、⑤ミクロ計画実効説、⑥中間財肥大化説、⑦インフレ体質説、⑧コーポラティズム仮説という八つの見解についていずれにも賛同できないとし、近代民主主義と日本的行動様式、普遍的価値と特殊的価値の間の緊張と均衡こそが、高度成長の機動力となったとしている。当時の先行研究が主張した八つの仮説への検討と批判は明快であるが、現在から振り返ってはたして四〇年前のこの批判がどこまで適切であったかは、あらためて検討するに値する課題といえよう。ここでは、これらの仮説を、統治システムの問題、当時の表現を使えば、「官民協調」とか「政官財複合体」とか「ネオ・コーポラティズム」といった問題としてとらえ直し、同時代の文学が、これらの課題をどのようにとらえていたのかをみていくことにしたい。

キャリア官僚の物語——城山三郎『官僚たちの夏』

まずとりあげるのは、城山三郎『官僚たちの夏』（新潮社、一九七五）である。この小説は、これまで二回テレビドラマ化された。一回目は、一九九六年一月NHK土曜ドラマ、二回目は二〇〇九年七〜九月TBS日曜劇場。前者では、風越を中村敦夫《なかむらあつお》、庭野を神田正輝《かんだまさき》、牧を増岡徹《ますおかとおる》、片山を風間杜夫《かざまもりお》、鮎川を矢崎滋《やざきしげる》、玉木を地井武男《ちいたけお》、池内を神山繁《こうやましげる》、須藤を渥美国泰《あつみくにやす》、古畑を芦田伸介《あしだしんすけ》が演じた。後者では、風越を佐藤浩市《さとうこういち》、庭野を堺雅人《さかいまさと》、牧を杉本哲太《すぎもとてった》、片山を高橋克典《たかはしかつのり》、鮎川を高橋克実《たかはしかつみ》、玉木を船越英一郎《ふなこしえいいちろう》、池内を北大路欣也《きたおおじきんや》、須藤を長塚京三《ながつかきょうぞう》、古畑を佐藤B作が演じた。

城山三郎のキャリア

城山三郎は、一九五三年に一橋大学を卒業、同年愛知学芸大学に就職して景気変動論などを講義したが、五七年に『輸出』で文學界新人賞、翌年『総会屋錦城』で直木賞を受賞し、小説家としてのキャリアをスタートさせた。その後、六三年、『小説日本銀行』の刊行を機に愛知学芸大学を退職、旺盛な執筆活動に突入する。

『小説日本銀行』は、戦後インフレ期の若手日銀マンを題材にしたものであるが、これ以降、足尾《あしお》鉱毒《こうどく》事件を訴えた田中正造《たなかしょうぞう》を描いた『辛酸』、第一次大戦期の総合商社鈴木商店の番頭金子直吉《かねこなおきち》を描いた『鼠』、戦争回避に努めながらA級戦犯として処刑された広田弘毅《ひろたこうき》の生涯を描いた『落《らく》日《じつ》燃ゆ』、渋沢栄一《しぶさわえいいち》の生涯を描いた『雄気堂々』、第二次大戦期の群像を描いた『一歩の距離　小説予科練』『硫黄島に死す』『忘れ得ぬ翼』、同時代の企業内群像を描いた『当社別状なし』

図11　城山三郎

図12　城山三郎『官僚たちの夏』（新潮社，1975年）

『盲人重役』『華麗なる疾走』『男たちの経営』『役員室午後三時』『真昼のワンマン・オフィス』など、幕末維新期から高度成長期まで、経営者、技術者、サラリーマンから政治家、軍人、ジャーナリスト、スポーツマンまで、時代も分野も幅広い多彩な作品を生みだしてきた。

モデル小説としての『官僚たちの夏』

『官僚たちの夏』は、七四年六月から一二月まで『週刊朝日』に「通産官僚たちの夏」という表題で連載され、翌年六月『官僚たちの夏』と改題されて新潮社より刊行された。一九五〇年代半ばから六〇年代半ばまで、すなわち第一次高度成長期における通産省キャリア官僚を主人公とした物語であり、実在の通産官僚たちをモデルとしている。新潮文庫の裏書には「高度成長政策が開始された六〇年代初めの時期に視点をすえ、通産省という巨大複雑な官僚機構の内側における、政策をめぐる政府・財界との闘いと、人事をめぐる官僚間の熱い闘いをダイナミックに捉える」とある。

物語は主人公風越信吾が、竹橋大臣と話し合っている場面から始まる。風越の役職は、大臣官房秘書課長であり、話の内容は省内人事である。大臣から自らの人事について聞かれて、風越は「もう一期、続けてやらせてください」と答える。その理由は「うちの役所には、ばらまくほどの予算があるわけでなし、許認可権もいまはたいして残って居りません。行政指導だけで業界をひっぱっていかねばなりませんが、それだけに、衝に当る役人の能力や個性が問題です。入省年次順に役人を並べてすむような役所とは違います」というところにある。「人事が大好き」というこの風越のモデルは、のちに「ミスター通産省」といわれるようになる佐橋滋《さはししげる》、竹橋大臣のモデルは石橋湛山《いしばしたんざん》である。

これ以降も、次々にモデルとなる人物が登場する。池内信人は池田勇人《いけだはやと》、須藤恵作は佐《さ》藤《とう》栄作《えいさく》、堂原は大平正芳《おおひらまさよし》、田河は田中角栄《たなかかくえい》、矢沢は宮澤喜一《みやざわきいち》、大川万禄は大野伴睦《おおのばんぼく》といった具合であり、小説の後半では、福田一《ふくだはじめ》が古畑通産大臣、桜内義雄《さくらうちよしお》が梅石通産大臣、三《み》木《き》武夫《たけお》が九鬼通産大臣として登場してくる。また、通産省のキャリア官僚のほうも、川原《かわはら》英之《ひでゆき》が鮎川、三宅幸夫《みやけゆきお》が庭野、両角良彦《もろずみよしひこ》が牧順三、山下英明《やましたえいめい》が片山泰介、今井善衛《いまいぜんえい》が玉木と、同定できる形で登場する。佐橋をはじめ、小説に登場する通産省キャリア官僚たちの実像については、佐高信（二〇〇九）、西川伸一（二〇一五）などで詳しく触れられている。

また、佐高（二〇〇九）には、佐橋滋と城山三郎の対談、佐橋滋と久野収《くのおさむ》の対談も収録されている。

産業政策をめぐる対抗

小説は、章立てされており、「第一章　人事カード　第二章　大臣秘書官　第三章　対立　第四章　登退庁ランプ　第五章　権限争議　第六章　春そして秋　第七章　冬また冬」というタイトルがついている。第一章の時期は、一九五六年初夏である。章のタイトルに「人事カード」とあるように、風越は、省内キャリアの個人別カードを持っており、この第一章で、風越をとりまく通産省若手キャリアが紹介される。「木炭自動車」というあだ名があり、いったん火がつくと「無定量・無際限」で働き続ける庭野、「最短コースを二年も短縮し入省した秀才中の秀才」でありながら、テニス、スキーなどを楽しみ、余裕をもって仕事をこなす片山、特許庁に出向しながら私費でフランス語を学び、パリ勤務を希望する牧。この三者は、当該期における通産省経済政策における内部対抗をそれぞれ代表する人物として描かれていく。

第二章では、この庭野が大臣秘書官となる。通産大臣は池内信人である。池内派の勉強会や朝食会、池内付き新聞記者の相手、池内の晩酌への付き合いなど、「無定量・無際限」で働く庭野の姿がビビッドに描写される。特許庁出向からパリ大使館付きの通商担当書記官となった牧も、代議士たちの視察団の歓迎パーティに駆り出され、フランスの官民協調体制の話をして煙たがられる。この章では、官と政の間の力関係や意思決定のプロセスが、この二人の姿を通して語られている。一九五〇年代末頃の官庁主導型経済政策システムと呼ばれるものについての城山の把握である。この時期、風越は、秘書課長から重工業局次長に昇進している。

日本経済の「自由化」をめぐって

第三章は「対立」というタイトルである。何をめぐる「対立」かといえば、日本経済の「自由化」をめぐる対立である。一九五八年、主要ヨーロッパ諸国は通貨の交換性を回復し、自由化への道を歩みだした。これを受けてIMFは五九年の対日コンサルテーションで、「日本の国際収支と外貨準備の改善及び西欧諸国の通貨の対外交換性の回復の観点から、諸制限を更に撤廃の方向に進めて行くことが可能であり、かつ、望ましいものであると信ずる」と、外貨予算制度、為替制限、残存通貨差別の早期撤廃を求めた。また、同年一〇月のGATT輸入制限協議会の対日審査でも、日本の自由化の立遅れが各国代表の非難の的となった。実際、わが国の貿易自由化率は、GATTに加入した翌年の五六年四月に二二%、五九年四月でも三四%であって、戦後いちはやく域内共通市場の創設を図り、自由化を推進したヨーロッパ諸国に比べてはるかに立ち遅れていた。他方、国際収支や外貨準備の好転も、わが国が自由化に向けて一歩を踏み出すもうひとつの要因となった。輸出は五九年に戦前数量を回復し、貿易収支も赤字から黒字へと転換した。五七年九月末にわずか四億五五〇〇万ドルまで落ち込んだ外貨準備も、五九年末には一三億二二〇〇万ドルまで回復した。こうして自由化をめぐる国際圧力は、五九年から六〇年にかけて急速に高まっていた（大蔵省財政史室、一九九二、通商産業省・通商産業政策史編纂委員会、一九九一）。

「民族派」「統制派」対「国際派」「自由派」

もともと通産省内には「民族派」「統制派」対「国際派」「自由派」という対立が存在した。城山は、これを次のように描いている。池内大臣が、新しい檜の一枚板に通商産業省という文字を揮毫するに際して、通商という部分が産業という部分よりやや大きかった。これに微妙な反応がみられたが、その背景には、「通産省は、商工省―軍需省の後身であるが、戦後は、外務省からの出向者も迎え、貿易庁系統の流れが加わった。こうした人脈を別にしても、国内産業の保護育成を優先するか、それとも、通商貿易中心に考えるかで、考え方に微妙な差が出てくる。風越の重工業局など原局筋が、前者、つまり「産業派」「民族派」であるのに対し、通商局・貿易振興局系統は、「通商派」「国際派」と目される。政策論的な対立であり、それはそれで通産省の活気の源のひとつとなっているのだが、同時に、看板の文字の大きさまで気にするムードもあったわけである」というのである。

風越は、この「民族派」「統制派」の代表であり、風越と同期の玉木は筋金入りの開放経済論者であった。この場面も、次のように描かれている。

原綿原毛自由化のうわさをききつけ、これに反対する繊維業界の陳情団が、連日のように通産省に押しかけていた。繊維局長の玉木などは、自宅にまで押しかけられ、夜は夜で電話攻めにされている毎日であった。

政策論議の合間に、風越はその話をとり上げて玉木にいった。

「このごろは、夜もろくに眠れんとこぼしていたくせに、まだ、その業界の気持ちがわからんのか」

「眠れんことは事実だ。だが、局長個人が眠れなくたって、どうでもいいことじゃないか。それより、業界の連中が眠りすぎている。いまは、目をさまさなくちゃならんときだ。さもないと、他の国がどんどん力をつけてしまう。眠くても、ゆり起こしてやるのが、親心なんだ」

玉木は、風越の目をにらみ返してこたえた。風越はすぐ切り返した。

「病人や赤ん坊をゆり起こせば、ますます病気になる。いまはまだ、よく眠らせることで、体力をつけるときなんだ」

「ぼくはそうは思わない。赤ん坊のときは、とっくに過ぎた」

「そうじゃない。断じて、まだ一人前じゃない」

「貿易・為替自由化計画大綱」の閣議決定

通産省の多数派は、自由化時期尚早論であり、風越信吾を中心に、多くの局長たちは、尚早論をぶち続けた。しかし、当時の内閣は、外圧を主たる背景に、六〇年一月、貿易・為替自由化促進閣僚会議を新たに設置することを閣議決定し、設置された閣僚会議は、同年六月「貿易・為替自由化計画大綱」を決定した。大綱は、六〇年四月現在で四〇％であった自由化率を、三年後には八〇％（石油・石炭を自由化した場合は約九〇％）に引き上げることを目標として明示した。また、為替自由化については、経常取引の二年以内の自由化を掲げたが、資本取引については、「逐次、規制を緩和する」とのみ述べ、自由化の具体的内容や時期は示さなかった。経団連や経済同友会も、同年四月から七月にかけて相次いで見解を公表し、自由化の推進を支持した。過去の手厚い貿易為替管理措置が企業の合理化や自主的企業精神を鈍らせてきた、自由化を通じて経済体質の改善を図り、長期的発展の基礎を築く必要がある、というのが支持の理由であった。

こうして政府が、自由化にかじを切る中で、風越たちは、戦略の再構築を図る。「国際競争にさらされる重要産業の思いきった体質強化を急がねばならない。開放経済ともなれば、たとえばこれまでのように不況―操短―減産といった姑息な手段では通用しなくなる。もっと構造的に過当競争を整理し、企業規模の拡大強化をはからねば、アメリカの大資本には対抗できない。そのためには、指導なり誘導なりの強力な権限が必要だし、資金面の裏づけや、税制上の優遇などもとりつけねばならない。つまり、これまでのような行政指導のつぎはぎ細工で済む問題ではなく、法律の裏づけを持つ一つの大きな新しい官僚指導体制の網をかぶせることが必要となる」というのが新しい戦略であった。協調経済法という日本経済の国際競争力を強化するための包括法を策定する作業に、風越たちは突入することになる。

官民協調行政への舵切り

「第四章　登退庁ランプ」「第五章　権限争議」が、この小説のハイライトとなる。一九六一年のはじめ、風越は企業局長に進む。「自由化をめぐる省議で対立した同期の玉木繊維局長は、通商局長へ横滑りとなった。ライバル同士の競争は、最終コーナーを回って、風越がはっきり一馬身抜いた形となった」。「企業局は、通産省の中でも、最も自由で前衛的な局であった。原局ではないので、所管の産業があるわけでなく、また日常的な行政事務も少ない。絶えず前向きに産業政策全般の在り方について模索し、立案に次ぐ立案が仕事である。このため企業を見る局というより『業を企てる局』だともいわれた」。

企業局長に就任した風越は、「通産省の衣替えとでもいおうか。自由放任もあかん、統制経済も終り、そのいずれでもない第三の行政をはじめる。まあ、官民協調行政とでもいうかな」と抱負を語った。その柱が協調経済法である。これを実現するために、風越は、五年間パリでくすぶっていた牧を企業第一課長として呼び戻し、腹心といってよい庭野を産業資金課長に据えた。

パリから帰任した牧は、企業局の若手キャリア組を投入して、法案作成作業に入った。まず、法案の名称そのものが揉め二転三転した。「官民協調行政法」というのが牧の最も好きな言葉だったが、官という言葉を法案に入れるべきでないと若手が突き上げ、当初の「協調経済法」も曖昧かつ漠然としていて一般に理解しにくい。「混合経済法」も同様で、結局詰めの段階で上がってきたのが「対外経済力強化法」となった。この案で行きそうになったとき、通商局の玉木から、「自分としては立法そのものにも賛成しかねる」が、なによりこの名称では国際的な誤解を招くという批判が出て、最終的には「指定産業振興法」という変哲もない名称となった。

この間、六一年秋の初めに内閣改造があり、通産大臣に須藤が着任、大臣秘書官に余裕派の片山泰介を指名する。「人事の風越」といわれる以上に「人事の須藤」といわれる須藤は、片山とゴルフを楽しみながら、風越について「あの男は追い風も逆風も区別がつかん。せっかく、追い風を吹かせてやっていても、逆風に向かうようにとびかかってくるんだからな」と評する。

指定産業振興法の立案

風越に逆風が吹き始めるのは、大川万禄派の古参代議士古畑が、須藤に代わって通産大臣に着任してからである。「第五章　権限争議」である。大臣交代の時期は明示されていないが、六二年夏頃であろう（実際に、佐藤通産大臣に代わって、福田一が通産大臣に就任したのは、六二年七月である）。鮎川秘書課長は、風越に「おやじさん、今度の大臣には、少し口を慎んで下さい」、「はっきりいえば、今度の大臣は、反須藤です。池内総理は、実力者の須藤さんに敬意を表して、一度は通産大臣のポストを与えたが、今度は自分の陣営にとり戻したのです」、「大臣と協調するだけじゃありませんよ。法案成立のためには、産業界や金融界の協力が必要です」、「振興法を通すためには、頭を下げて説明しなくちゃいかんのです」と釘を刺した。事情は、本書では次のように説明されている。

指定産業振興法は、政治家のだれからも、声のかかった法案ではない。通産省提案でありながら、代議士先生たちの目先の利益になるものは、何もない法案であった。財界や圧力団体など、外部から持ち込まれた法案でもないし、まして外部で根回しがされた法案でもない。現実に利害関係の中から出てきたのではなく、来るべき危機を先取りして、いわば理想を追求するような形で出てきた法案であった。外部の説得まてふくめ、すべて通産省が自前でやらなければならない。しかも、それが区々たる法律ではなく、経済運営全体の方式にかかわろうとする巨大な立法である。その理想と大きさからいえば、須藤クラスの大物が、五人も十人も夢中になって動いてくれる必要のある法律であった――。

このため、草案が固まるにつれ、省内の作業以上に、外部との折衝が活発になり、まず、自民党総裁、副総裁、政調会、与党各派閥、野党への根回しが行われた。原案が出来上がると、次いで、マスコミへの説明、経営者連合、銀行連盟での説明会の開催などが繰り返され、公取委や大蔵省とも協議の場が何回か持たれた。

外部との折衝

原案の骨子は、「経済の変革期に当り、対外競争力を急速に強化するためには、産業再編成により生産規模の適正化を図ることが必要である。この産業振興のための基準は、政府・産業界・金融会の協調によって定める。政令によって指定された産業は、この振興基準に従って、集中・合併・生産の専門家などの努力をする。金融機関は、この振興基準にそって資金の供給を行う。政府も政府関係金融機関を通じて資金を補給するとともに、課税については減免措置をとり、また、振興基準による合併などについては、独占禁止法の適用除外とする」というものであった。

六三年春、産業振興法は、政府提出法案として閣議決定を見、国会に上程された。これまでの「根回しの積み重ねによって、多少もめはしても、法案通過の見通しは、まずまちがいない」と、風越たちは考えていた。しかし、「他の重要法案の審議が難航しているせいもあって、指定産業振興法は国会に提出されたままの状態になっていた」。「国会における審議サボタージュの動きに呼応するように、財界では、にわかに自主調整論がさかんになった」。「異論は、省内からも出てきた。それも、大物局長の一人である重工業局長白井からの批判であった」。古畑通産大臣も、「通産省は、産業界全体に奉仕するサービス官庁である」から「居丈高な人では困るんだ」と風越批判を行うようになった。こうして「振興法は審議未了で廃案となった」。次の通産事務次官も、予定された風越ではなく、特許庁長官となっていた風越と同期の玉木が就任することとなり、風越は、代わって特許庁長官に転出した。

風越の冬

「第六章　春そして秋」「第七章　冬また冬」は、この小説の余滴である。風越が一九六三年夏に特許庁長官に就任し、その後一年半で玉木の後任として通産事務次官に就任、一年半を務めて退任するまでの時期がまず描かれる。次官に戻ったものの「すでに、次年度予算は査定段階を終ろうとするところであり、予算措置を伴う新しい政策を打ち出すには、さらに一年近くを待たなければならない。つまり、人事も政策も、当分は何ひとつ風越らしい新しいことのできぬ状況の中での次官就任であった」。

次官中に須藤総理との関係も悪化した。次期次官についての風越の構想も九鬼通産大臣の入れるところとならず、一年半で風越は次官を退任、どこにも天下ることなく、浪人生活に入った。その三年後、振興法時代に風越の下で庭野と両輪を組んだ牧は、官房長となっていた。日米繊維交渉の担当に庭野を充てた人事に対して、風越が「庭野を殺す気か」と牧に電話をすると、「風越さん、どうか外部から人事に干渉しないで頂きたい」といわれてしまう。牧はその後企業局長に昇進し、日米交渉に当たっていた庭野は過労で倒れる。知人の新聞記者から「庭野をつぶしたのはあんただ」、贔屓の引き倒しであり、「ケガしても突っ走るような世の中は、もうそろそろ終りや」といわれるところで、この物語の幕が下りる。

特定産業振興臨時措置法(特振法)

本書のハイライトをなす指定産業振興法とは、すでに知られているように、六三年三月、六三年一〇月、六三年一二月と三回にわたって国会に提出されながら、いずれも審議未了で廃案となった特定産業振興臨時措置法、いわゆる特振法のことである。小説は、振興法の挫折を、複合的な要因から説明している。風越の個性が強調されているが、それ以外にも、①立法を推進するスポンサーの不在、②経済界、産業界からの反発、③官庁間の立脚点の相違、④通産省内部の見解の不一致などが、それぞれ登場人物の主張という形をとって語られている。本当のところはどうだったのか。

特振法の起点は、六一年三月の産業構造調査会の設置に求めることができる（大山耕輔、一九九〇）。調査会は、従来の「産業合理化政策よりも、動態的でマクロ的な産業構造政策を模索する」ことにより新しい産業秩序を実現することを志向した。このため、調査会は、重工業、化学工業、繊維、鉱業など原局所管の個別産業ごとの部会とともに、中小企業、貿易など領域毎の部会も置き、特振法は、同年一二月設置の産業体制部会で取り扱うこととなった。会長は有沢広巳であったが、実際に議論をリードしたのは、佐橋企業局長と両角企業第一課長であった。

産業体制部会は、六一年一二月から六三年九月まで一七回開催された。第一回から六二年五月の第九回までは、現状分析と施策の必要性・方向性が審議され、第九回の部会に、企業第一課が「新産業秩序の形成について」を提出した。自主調整、金融を通ずる調整、政府による調整の三つをあげ、「協同調整」を提案したものであったが、部会では、この企業第一課の提案に対して「統制的」に過ぎるという批判が出た。六二年六月の第一〇回から同年九月の第一五回までは、産業新秩序の整備の具体策として、合同、提携、カルテルなどが検討された。しかし、この実施について、部会では結論が出ず、通産省と公取委との協議、税制、金融面は産業金融部会で検討することとなり、この検討が一応進められるなかで第一四回の部会で当面の結論が出され、産業体制部会中間報告「協調方式について」がまとめられた。産業金融部会との合同懇談会を経て開かれた六三年六月の第一六回と九月の第一七回では、国会提出の特振法の審議状況の説明が行われ、各委員から述べられた意見を織り込んだ報告書を作成することが決められて、産業体制部会の審議は終了した。

経団連・全銀協からの自主調整論の登場

こうして論議の舞台は、産業体制部会から内閣官房、自民党政調会、国会に移っていくことになるが、産業体制部会の審議の過程で、まず民間経済界の自主調整論が登場した。自主調整論は、企業、業界、財界の三つのレベルで登場し、例えば、六二年四月の経済同友会「木川田構想」は、通産省の構想を「最近における政府の言動は、当面の経済情勢におされて、統制経済の色彩を強めつつあるかに見える」と批判し、民間による「産業調整会議」の設置を提言した。経団連は、さらに自由放任的で、特振法自体に批判的、独禁法自体の緩和への改正を要求し、全銀協も、金融統制につながるとして反対した。官庁間の調整も難航し、公取委は、独禁法の適用除外に反対、現行独禁法の運用緩和で支障はないと主張した。大蔵省は、税制条項については通産の主張を認めたが、関税条項と資金条項には全面的に反対した。六三年二月から三月にかけ、通産、大蔵、公取委、内閣法制局、経済企画庁の連絡会議、各省連絡会議、経済閣僚懇談会が相次いで開催され、法案名称変更を「国際競争力強化法案」から「特定産業振興臨時措置法案」と変更し、五年の時限立法とすること、合理化カルテルは通産省経由で公取委が認可すること、対象業種はあらかじめ法文で明記すること、という合意のもと、国会に提出されることになった。特振法の運用業種は、特殊鋼、重電機、自動車、石油化学、軽金属、電線の六業種にしぼられた。

特振法の挫折

特振法は、六三年四月第四三回通常国会に提出されたが、審議未了で廃案となった。その後、第四四回臨時国会、第四六回通常国会の二回にわたって提出されたが、そこでも審議未了廃案となった。佐橋本人は、この経緯について、「これだけ苦労をした法案はそうはないんです。至るところへいやというほど渡りをつけて譲歩をし、法案提出までもっていったんだから、この法案の意味をとことん勉強して、審議の末の不成立ならもって瞑すべしである。ところが一回も議論をしないんだ」と、与党に対する批判を述べている。また、この小説については、「小さなことがらでは事実といろいろ違ったところがありますけれども、大筋は合っています」と肯定的な評価を与えている（エコノミスト編集部編、一九七七）。

六四年六月の閣議で、福田通産大臣より、特振法の今後についての発言があり、同法案の底を流れる「協調方式の理念は、今後の産業行政の展開に当たっては強く尊重されるべきものである」、「同法案の適用が希望されていた業種のうち協調体制が盛りあがったものに関しては、政府、産業界、金融界、利害関係者等が十分に意見を交換し、合理的生産体制の確立、経営基盤の強化のために協調して進むべき方向を見出して行くこととしたい」として、立法化を断念して行政指導方式で対応するという方針が示された。

六〇年代の産業政策

池田内閣は六〇年秋に「国民所得倍増計画」を策定した。計画は、社会資本の充実を優先課題として掲げ、これにより政府の役割はそれまでの企業への直接的補助から企業基盤の整備に移った。社会資本ストックが民間製造業資本ストックに対して不足する状況はその後も続いたから、公共投資への需要は大きく、六二年には「全国総合開発計画」がスタートし、拠点開発を目的として新産業都市、工業整備特別地域が全国各地に指定された（浅井良夫、二〇一〇、伊藤正直、二〇一二）。

産業政策も、これらのマクロ経済政策と連関しつつ展開されたが、より直接的な重化学工業育成政策としての性格が強く、特定産業部門の保護・育成、産業部門間調整、生産分野調整、設備投資調整、合理化援助等が主要な内容となった。例えば、鉄鋼業ではこの指導・介入は、設備投資については五九年一二月の通産省による長期設備計画適正実施要請を発端とし、以後、同省が調整原案を提示しそれを受けて鉄鋼連盟業務懇談会が企業間自主調整を行う、という形で六〇年代を通して実行され、価格調整・生産調整についても、五八年の「公販制」実施要請、六二〜六三年、六五〜六六年の粗鋼操短勧告が同様の形態をとってなされた。

また、石油精製・石油化学業では指導・介入の度合いはより強力であった。石油精製業では極めて統制色の濃いといわれる六二年の石油業法制定以降、通産省が石油審議会を通して石油連盟に自主調整を要請する、あるいは石油連盟の了解の下に一定基準を提示するという方式をとって、設備投資・価格・生産にたいする調整・指導・介入が連年行われた。石油化学業でも六四年に官民協調懇談会が設立され、生産調整の中核機関としての役割を果たした（伊藤正直、一九九四）。もっとも、この行政指導、行政介入の過程で、行政当局の直接的意図がそのまま貫徹されたかといえば、必ずしもそうではなかった。その代表的事件が、鉄鋼業における六〇年代前半の公販価格と市場価格の乖離、六五年の粗鋼減産問題をめぐっての「住金事件」の勃発、石油精製業における「出光事件」の勃発であった。住金事件については、小説の第六章で、S金属の生産調整不同意問題としてとりあげられている。小説のなかの日暮社長は、当時の住友金属社長日向方齊である。

マクロ経済政策とミクロ産業政策

これらを見る限り、「高度成長の前半期までの産業政策を特徴づけるのが、各産業分野を担当する『原局』とよばれた通産省の各所管部局が、それぞれの分野で業界全体の育成や近代化・合理化などを課題として解決するための産業別の事業法（行法）の制定を構想し続けた」という評価（長谷川信・武田晴人、二〇一〇）は、当該期の通産省の産業政策の特徴をよく示している。特振法は、一面では、社会資本整備、基盤整備というマクロ経済政策の新しい展開に対応し、個別法＝産業別の事業法ではなく、一般法として、開放経済への移行に対応しようとするものであったが、実態としては、個別産業毎の調整がその後も続いた。この意味では「戦後の主要な時期（とくに一九五〇年代及び六〇年代）における産業政策の歴史は、民間のイニシアティブとバイタリティによって、統制的な直接介入を行おうとした政策当局の意図が、しばしば覆されていった過程であった」という評価、高度成長期のマクロ的経済計画は装飾的（decorative）なものに過ぎず実効性はなく、ミクロ的な政策の方が有効性が高かったという評価の方が実態に近かったといえよう（奥野正寛・鈴村興太郎、一九八四、南部鶴彦、一九八九）。

佐橋滋という際立つ個性をとりあげた『官僚たちの夏』は、通産省キャリア官僚たちの思想と行動、その生態を生き生きと描き出し、同時に、一九六〇年代前半という時代における統治システム＝政策的意思決定過程のリアリズムを描くことにも成功している。ただ、特振法を取り巻く当該期の経済的環境や経済政策全体のなかでの位置づけおよびその歴史的限界については、かならずしも十分に筆が及んでいない。そこに、この小説のわずかな瑕瑾を求めるのは、やや専門的に過ぎるだろうか。

ノンキャリア官僚の物語――松本清張『中央流沙』

次にとりあげるのは、松本清張《まつもとせいちょう》『中央流沙』である。『官僚たちの夏』がキャリア官僚の物語であったのに対して、こちらはノンキャリア官僚の物語である。『中央流沙』は、一九六五年一〇月から六六年一一月まで「社会新報」に連載、その後六八年九月に河出書房新社から刊行され、七四年五月に中公文庫に収録された。清張作品は、その多くが映画化されたり、テレビドラマ化されたりしてきたが、この小説も、これまで三回テレビドラマ化された。一回目は、一九七五年一〇月放映のNHK土曜ドラマシリーズで、山田事務官を川崎敬三《かわさきけいぞう》、その妻を中原《なかはら》ひとみ、倉橋課長補佐を内藤武敏《ないとうたけとし》、その妻を中村玉緒《なかむらたまお》、岡村局長を佐藤慶《さとうけい》、藤村事務官を日下武史《くさかたけし》、西弁護士を加藤嘉《かとうよし》が演じた。演出は、和田勉《わだべん》であ

図13　松本清張

る。二回目は、一九九八年八月放映の日テレ火曜サスペンス劇場で、山田事務官を緒方拳《おがたけん》、倉橋課長補佐を鶴田忍《つるたしのぶ》、その妻を藤真利子《ふじまりこ》、岡村局長を石橋凌《いしばしりよう》、藤村事務官を新克利《あたらしかつとし》、西弁護士を石橋蓮司《いしばしれんじ》が演じた。三回目は、二〇〇九年一二月放映のTBSドラマスペシャルで、倉橋課長補佐夫人を主人公とし、夫人を和央《わお》ようか、倉橋課長補佐を石黒賢《いしぐろけん》、山田事務官を平田満《ひらたみつる》、川辺新聞記者を高嶋政宏《たかしままさひろ》、岡村局長を西岡徳馬《にしおかとくま》、西弁護士を六平直政《むさかなおまさ》が演じた。

松本清張のキャリア

松本清張については、すでによく知られているので、『中央流沙』の執筆との関連を軸にして、ごく簡単にみていくことにしたい。清張は、一九〇九年一二月に福岡県企救《きく》郡板櫃《いたびつ》村に生まれ（清張自身は、生まれたのは広島県広島市と語っている。高橋敏夫、二〇一八）、小倉《こくら》市で育ち、作家デビューしたのは、四〇歳を過ぎてからとかなり遅かった。しかし、その後、一九九二年に八二歳で亡くなるまで、短編、長編、エッセイ、ノンフィクション、対談、インタビューなど、著書七五〇余冊、作品約一〇〇〇点、推計原稿枚数は一二万枚にのぼるという驚異的な作家活動を持続した。デビューは、一九五〇年の「西郷札《さいごうさつ》」、『週刊朝日』の「百万人の小説」への応募であった。五二年に『三田文学』に掲載した「或る「小倉日記」伝」で芥川賞を受賞、翌五三年に上京した。五五年からは「張込み」「顔」など推理小説を書き始め、五七年に「顔」が日本探偵作家クラブ賞を受賞、翌年刊行された『点と線』、『眼の壁』がともにベストセラーになり、「社会派推理小説」という言葉が生まれた。

「社会派推理小説」の誕生と清張ノンフィクション

清張自身は、自らの「社会派推理小説」について、当時、次のように語っていた。「社会小説を書くのに推理小説的な方法を用いたらどうであろうか。未知の世界から少しずつ知ってゆく方法。触れたものが何であるか、他の部分とどう関連するか、という類推。これを推理小説的な構成で書いたほうが、多元描写から来る不自然、または一元描写から生じる不自由を、かなり救うように思われる。少しずつ知ってゆく、少しずつ真実の中に入ってゆく。これをこのまま社会的なものをテーマとする小説に適用すれば、普通の平面的な描写よりも読者に真実が迫るのではなかろうか」。推理小説は手段であり、語られるべきは社会的テーマであるというのである（石倉義博、一九九八）。

こうした観点に立って、清張は、五〇年代末頃から現実の事件に題材をとった作品を発表し始める（原武史、二〇一九）。五九年五月から七月に『文藝春秋』に連載された『小説帝銀事件』は、四八年に起きた同名の事件を捉え直したもので、行員たちを毒殺したのは、犯人として逮捕された画家ではなく、真犯人は旧満洲で細菌兵器の研究をしていた元陸軍七三一部隊の要員であり、そこにＧＨＱの介入があったという筋立ての小説である。この小説の執筆をきっかけとして、清張は、翌六〇年「日本の黒い霧」を『文藝春秋』に一年間にわたって連載する。こちらは小説ではなくノンフィクションで、「小説にすると調べた事実もフィクションと受け取られてしまう」ので、「それよりも、調べた材料をそのままナマに並べ、この資料の上に立って私の考えを述べたほうが小説などの形式よりもはるかに読者に直接的な印象を与える」というのが、執筆の理由であった。とりあげられているのは、帝銀事件、下山《しもやま》事件、松川《まつかわ》事件、白鳥《しらとり》事件、鹿地亘《かじわたる》事件、「もく星号」遭難事件、レッドパージ、朝鮮戦争、伊藤律《いとうりつ》問題などであり、その背後にすべてＧＨＱの謀略があったとしている。

このため『日本の黒い霧』には、発表当時から賛否さまざまな反応が寄せられた。多く現れたのは、あらかじめGHQの謀略という予断にもとづいて演繹的に資料を整理したものではないか、という批判であった。たとえば、大岡昇平《おおおかしょうへい》は、「松本にこのようなロマンチックな推理をさせたものは、米国の謀略団の存在に対する信仰である」、「松本の推理小説と実話物は、必ずしも資本主義の暗黒面の真実を描くことを目的としてはいない。それは小説家という特権的地位から真実の可能性を摘発するだけである。無責任に摘発された『真相』は、松本自身の感情によってゆがめられている」と厳しい批判を展開した（大岡昇平、一九六一）。推理小説作家としての清張を高く評価してきた平野謙《ひらのけん》も、「『日本の黒い霧』についていえば、下山事件の時には新鮮で面白かったけれども、あれが十二ヶ月続いているうちに、それがすでにパターンができマンネリズム化した」と批判的見解を述べた（平野謙・松本清張、一九六二）。

清張ノンフィクションへの批判と反論

大岡の批判に対しては、清張自身が「大岡昇平氏のロマンチックな裁断」（松本清張、一九六二）で、次のように反論した。「『日本の黒い霧』における私の推論が、悉く最初に既成概念があって、それから派出して書かれたものだという云い方である。これもおかしなことで、私は、占領中に起った諸種の事件の中で、アメリカ謀略関係の手の動いたものだけを集めたのだ。つまり、帰納的結論が出て、その種類のものを一冊にまとめただけだ。同傾向の短編小説集を編むのとちっとも変りはない。本末を顚倒されては迷惑である」。それ以前にも、六〇年一二月には「なぜ『日本の黒い霧』を書いたか」（『朝日ジャーナル』六〇年一二月四日号）というタイトルで「私はこのシリーズを書くのに、最初から反米的な意識で試みたのでは少しもない。また、当初から「占領軍の謀略」というコンパスを用いて、すべての事件を分割したのでもない。そういう印象になったのは、それぞれの事件を追求してみて、帰納的にそういう結果になったにすぎないのである」とも述べている。

ただし、現在刊行されている『日本の黒い霧』上（文春文庫、二〇一三年）の巻末には、文藝春秋出版局名の「作品について」という文章が掲載され、新たな資料、事実の発見により、伊藤律＝スパイ説は認めがたいものとなったと記され、同書の内容に不適切な箇所があることが述べられている。また、朝鮮戦争における韓国軍先制攻撃説も現在では否定されている。「もく星号」遭難事件についてもほぼ同様である。現在の時点からみるならば、清張の主張するようにすべてが「帰納的」であったかどうかは、疑わしいことになる。

続く清張批判と清張擁護

じつは、大岡昇平の清張批判は、本書の冒頭で述べた伊藤整《いとうせい》「『純』文学は存在し得るか」に対する批判、「松本や水上の作風に『純文学の理想像が持っていた二つの極』（私小説と社会的リアリズム）が、『あっさりと引き継がれてしまった』からだというにある」という主張に対する批判に主眼があったから、清張は材料として引き合いに出されただけという面もあった。

この大岡の論評について、辻井喬《つじいたかし》（二〇一〇）は「常に物事を巨視的にとらえ理性の奥行きを示している大岡昇平にとっては珍しいと感じると同時に、文学の世界にだけ住んでいる人が、いかに政界や財界の生理について知らないかという、日本社会のそこここに存在する断絶の溝の深さを見せられたような気がした」と述懐しており、保坂正康《ほさかまさやす》（二〇〇六）も「『日本の黒い霧』はアメリカの謀略によるといいつつ、いずれにしても説得に値する資料、説得に値する論理を明確にしている。それゆえに謀略史観から一線を引いた重さがある」と評価している。

他方、関川夏生《せきかわなつお》（二〇一三）の「『どこかに悪い奴がいるはずだ』という松本清張の信念、または『謀略史観』も、いかにも昭和三十年代的ですが、どちらの傾向も昭和末年まで続きます。その形成に松本清張の『日本の黒い霧』は大いに加担したといえます」という見方も、現在なお有力である。いずれにせよ、占領軍資料も日本側資料もまったくといってよいほど公開されていない当時の制約や限界、一九六〇年代初めという時代状況の中で、あたりうる資料の博捜によって書かれたノンフィクションとしての位置づけは揺らがないであろう。

『現代官僚論』の視点

こうしたノンフィクションの続きとして書かれたのが、一九六三年一月から六五年一一月にかけて『文藝春秋』に断続的に連載された「現代官僚論」である。『日本の黒い霧』が占領期を対象としていたのに対し、「現代官僚論」は、占領期から六〇年代までの同時代を対象としている。連載を始める第一回、第二回には「現代官僚論」の総論が置かれ、何を検討するかが述べられている。ごく簡略にその概要をみると次のとおりである。

まず、この現代官僚論で主要な対象とするのは、官僚一般ではなく、「公務員のなかの一握りの権力を持っているグループ」、「行政事務などをやっている下級公務員は除き、政党や財界と連絡を持ち、政治的な影響を与える高級公務員」をとりあげる。「具体的には、各省の事務次官、局長、有力課長を指すが、これらの人数は全公務員三百四十万に対して約千七百人で、局長以上は二百人くらいいる」。これを検討の主たる対象とするというのである。ついで、その権力の基盤が、戦前は「統帥権」と「勅令」、戦後占領期はGHQ指令、その後は国家公務員上級職員による経済統制にあることが強調される。

そして、官僚と政界の関係、官僚と財界の関係、官庁内部の権力関係と官僚秩序の分析の重要性が指摘される。最後に、「統制政治のあるところ汚職を生じるのは当然だ」、「現在の官僚機構が政党の強い影響下に置かれ、さらにそれが独占資本とつながることによって政党から強く支配される以上、汚職摘発の壊滅や、大物の逸脱は予想される帰結である」、「一方、下級の役人に対しては疑獄が起るたびに苛察《かさつ》がいきわたる」、「いつも犠牲になるのは下級役人である」として、現代官僚論の具体的検討の焦点を、この汚職事件に合わせることが宣言される。

省庁ごとの分析

以下、省庁ごとの分析が、文部官僚論から始まる。ここでは、六三年の五月から七月にかけて三回続けて連載された「農林官僚論」をみておこう。「農林官僚論」は、農林省所管の補助金行政から話が始まる。国家予算からみると補助金の占める額は約二七%であるが、「農林省予算に限れば、その補助金の比率は実に三七%（三十八年度）となっている」。そして、「この補助金が常に問題を起し、毎年会計検査院で不正が摘発されている」。戦前以来、「農林官僚は厖大な補助金によって全国的に府県を統制し、その勢力を張ろうとした」というのである。続いて、戦後農林省の人脈が、戦前の石黒忠篤《いしぐろただあつ》から、戦後の広川弘禅《ひろかわこうぜん》、河野一郎《こうのいちろう》まで、党関係、役人系列など詳細に検討される。さらに、畜産、飼料、水産などの業態、農業構造改善事業、農業基本法、許認可行政などが語られ、「役人の匙加減一つで一企業の興亡を決するようなことはざらにある」として、「たとえば、昭和二十七年に自殺した食品課長のN氏は、ドミニカの輸入原糖の割当てをめぐって業者に便宜を与えたために汚職をひき起こしたのである（拙作「或る小官僚の抹殺」はこの事件をモチーフにしている）」と述べている。

ここで言及された「或る小官僚の抹殺」は、一九五八年に発表された（楊華、二〇一七）。原糖はほとんど輸入品であり、その割当てをめぐって、業界と官庁と政界の結びつきが常態化、前局長で現代議士他に贈賄があったと密告がある。この密告にもとづいて捜査二課が捜査に乗り出すが、担当の課長が出張帰りに熱海で自殺してしまう。実際には自殺であったかどうかも疑わしいが、下僚の「抹殺」によって、政官財の汚職同盟は逆に結束を深め、汚職はいっそう高度化、密室化を進めるというのが、この小説のあらすじである。『別冊　文藝春秋』六二号（一九五八年二月号）に掲載されたこの小説もテレビドラマ化されている。一九六五年一〇月、関西テレビ制作の「三國連太郎アワー　松本清張シリーズ」で、自殺する課長を三國連太郎が演じた。

「農林官僚論」は、上述の箇所以降でも、砂糖問題についてかなりの紙幅を割いて論じている。そこでは、割当て制、リンク制、専売制といった原糖流通規制と、それをめぐる自民党内部の利権争い、官庁間の権益争い、精糖会社と政治家の個別結びつき、砂糖自由化問題などが詳細に叙述されている。これが「中央流沙」に結実するのである。

輸入自由化問題と砂糖汚職

かなりの回り道をたどったが、ようやく「中央流沙」である。主な登場人物は、農林省食糧管理局長岡村福夫、農林省食糧管理局総務課事務官山田喜一郎、農林省食糧管理局第一部食品課課長補佐倉橋豊、弁護士西秀太郎の四人であり、舞台を動かす道具は、砂糖汚職とその捜査をめぐるあれこれである。岡村は、東大法科卒業のエリートキャリア官僚であり、山田は、典型的なノンキャリア官僚、中間の倉橋は、子供の一人が高校生という設定であるから、有能なノンキャリア官僚という設定であろう。「或る小官僚の抹殺」

図14　松本清張『中央流沙』
（河出書房新社，1975年）

の長編小説化といってよい。

話は、岡村局長の北海道出張中の場面から始まる。道庁幹部による夜の接待の場で、山田事務官も陪席している。そこに本省から電話が入り、岡村局長は、急遽深夜便で帰京することになる。電話の内容は、砂糖汚職絡みで担当の大西係長に続き、倉橋課長補佐が重要参考人として警視庁に呼び出されたというものであった。「政治的な思惑で中小砂糖会社が統合」して設立された合同精糖という会社が、「自由化が実現するあと三年ぐらいの間にできるだけ（原糖）割当てを多くもら」おうとして政界、役所に贈賄を行い、それが捜査の対象になったのである。

フィクサーの登場

ここに西弁護士が登場する。西弁護士は、弁護士でありながら、農林省関係の業界誌を出し、農林省所管審議会のボスとつながり、「高級役人と業者とのパイプ役もつとめ」る「農林省出入りの、一種のボス」であった。この西弁護士が、倉橋課長補佐を北海道出張に出し、捜査妨害を図ることを岡村局長に提案する。そして、西弁護士は、北海道出張中の倉橋課長補佐に電話をかけ、出張を切り上げて宮城県の作並《さくなみ》温泉に寄るように指示する。作並温泉で、西弁護士と倉橋課長補佐は同宿し、西弁護士は倉橋に自殺を示唆する。この場面の描写は、迫力があり、少しだけ引用しよう。

「先生、上部に及ぶというと、どこまで波及するのですか？」

「そこは君次第だ」

「捜査当局は君をこの事件の重要な鍵にしている。君は業者と役所の双方の中心に坐っていた……」

「しかし、そりゃ先生……」

「それは分っている」

……「君は上司から業者の便宜を図るような特殊な指示を受けた。君としてはその極秘の命令に忠実だったわけだ。すべてのお膳立ては上のほうでできている。ただ技術的な操作を君に命令しただけだ」

……「今度君を北海道に出張させたことが捜査当局の態度を硬化させた。これは明らかにぼくのミスだ。判断の誤りだったよ」

……「役所の上部関係の線も、業者の線も、みんな君のところに集まっている恰好だ。君さえ落せば両方の線が一どきに明るみに出ると、警視庁では勢いこんでいる。

逆に言えば、上司としては君の逮捕がいちばん気にかかるわけだ」

「ぼくが北海道から帰ってすぐ警視庁に逮捕されたとなれば、いま先生のおっしゃったような事態になると思います。先生の力で収まらなかったとすれば、ぼくなんかにはもうどうしようもないと思います」

「いや、それがあるんだ」

「いい方法があるのですか？」

「ある。つまり、君の線で収まる方法はあるんだよ」

「……」

「なあ、倉橋君。こういうことはぼくとしても言いにくいが、これは役所全体の希望だと思ってきいてくれたまえ」

「はあ」

「倉橋君、ぼくは君に善処してもらいたいのだ」

こう言ったとき、倉橋の顔が屹《きつ》となって上がった。

「いまおっしゃったことは、どうやらわたしに自殺しろという暗示のようにきこえますが」

「……」

「わたしが自殺したら捜査は中止される。すると、いま捜査線上に浮んでいる上司の人々は無事に生き残られる。それでその人たちはわたしに恩を感じる。だから私の死後、女房の生活費や子供の教育費はみんなで負担する。そう言われているようですが」

　倉橋は声をふるわせていた。

「君は日本人だ。長いこと農林省に勤めて役所に愛着をもっているだろう。また上司の恩義も感じているだろう。日本人で恩に感じないものはいない。また、君にしたって、おめおめ縄を腰につけて暗い監獄の中に行くのもいやだろう。ぼくはただそう言ってるだけだよ」

「先生、わたしは監獄に参ります」

「ぼくだけが死ねば、そりゃ皆はいいかも分りません。だが、そうはいきませんよ、西先生」

　……「そりゃぼくだって長いこと農林省につとめて役所には恩がある。また上司のかたがたにも義理はあります。だが、そのためにぼくがどうして自決しなければならないんですか？　ぼくはそんなことはいやですね。いままで、いわゆる汚職事件で自殺した人は多いが、ぼくはそういう人を軽蔑しますよ。笑っているのは、それで助かった大口のほうじゃありませんか。西先生、先生はどなたに頼まれてぼくを説得しようとなさったかわかりませんが、きっぱりお断わりします。たとえ、ぼくが警視庁に引っぱられても、ぼくは自分を守ります」

ところが、翌朝、断崖下の川岸で倒れている倉橋が発見される。第一発見者は西弁護士である。こうして捜査は中断され、倉橋課長補佐の未亡人は、岡村局長の指示で、農林省関連の出版社に就職を世話される。左遷かと思われた岡村局長は、食糧管理局長から農地局長へと栄転となり、前農地局長は肥料関係の会社に重役として天下りとなった。倉橋死亡事件を追及しようとした新聞記者は、記者から校閲部に左遷された。

トカゲのしっぽ切り

しかし、警視庁捜査二課は、完全にこの汚職事件を放棄したわけではなく、しばらくして、西弁護士を召喚し、保釈となっていた業者側の重役二人を再逮捕する。農林省は再び疑獄危機に見舞われる。ところが、今回もその捜査は突然中断する。時を同じくして、農林省上級キャリアの天下り先が、警察庁上級キャリアの天下り先に譲られたことが判明する。この章のタイトルは「価値の交換」である。「こんな不合理が許されていいものか。しかも、倉橋殺しの殺人犯人は弁護士の肩書で、悠々と白日のもとに大手を振って役所に出入りしている。そこで顔を利かせ、利権をあさり、役人には半ば怖れられ、半ば利用され、利用している」。山田事務官の憤懣である。「だが、山田事務官のような下級役人の憤懣は長くつづかなかった。一ヵ月もすれば、もと通り飼い馴らされた小役人に戻る。どう抵抗しても無駄だとさとれば、すべてを諦めるほかない。半年経って岡村が局長を辞め、近く代議士に打って出るという噂が省内に伝わった」。これが、『中央流沙』の結びである。

五〇～六〇年代の砂糖行政

この小説の舞台回しの道具となっている当時の砂糖行政をめぐる事情は、およそ次の通りであった（鳥山淳、二〇一九）。一九五二年に砂糖の流通統制が撤廃されて以来、日本の砂糖行政は、砂糖輸入への外貨割当てと甜菜生産振興法を二本柱として展開されていたが、五九年に農林省は甘味資源自給力強化総合対策を打ち出して保護政策をとった。しかし、『官僚たちの夏』でも記したように、一九六〇年前後から日本は貿易自由化問題に直面し、砂糖についても自由化に向けた検討が始まった。これに対しては、当初、業界関係者からは不満が強く表明され、政府・自民党からも異論が出されたが、六三年一〇月、結局、砂糖輸入は自由化されることとなった。

当時の農林省の担当官によると「(自由化率) 九〇%を確保するには砂糖か自動車か」という攻防になり、最後は農林省が「押し切られた」ためという。この時期に自由化された農産物は、砂糖以外には、大豆、鶏肉、バナナ、レモンで、六四年一二月の段階でも農林水産物の輸入制限品目は七二品目あった(清水徹朗、二〇一二)。当時の輸入割当て制について、後に通産事務次官となった今井善衛《いまいぜんえい》(一九七七)は、次のように述べている。「(昭和二八年頃になると) 輸入外貨資金割当制の障害も非常に出てまいりました。というのは割当て自体が、非常に利権化してしまったんです。砂糖を輸入すると、その輸入価格の二倍か三倍に売れて、ぼろもうけになる」、「羊毛もあったが、砂糖が圧倒的ですよ。当時の日本は全体として小さな経済ですから、そのなかで砂糖の利益がべらぼうになる。……そういう外貨資金割当制度による、不当な輸入利得は次第に国内的にも問題になってきた」。

主題としての官僚機構内部の身分秩序

本作での清張の主題は、官僚機構内部の身分秩序とそれが引き起こす悲喜劇であった。「或る小官僚の抹殺」以来の、清張作品に通底する主題であり、ベストセラーとなった『点と線』もそうであり、一九六一年発表の「歪んだ複写」でも、税務をめぐるノンキャリアの汚職とキャリアの保身という形で、両者の対照が描かれている。清張のこうした小説群は、五〇年代後半から六〇年代前半の時期における日本の統治システムの一角を抉り出した小説ということができる。『官僚たちの夏』と同じような批判、砂糖行政そのものが内在的にとらえられていないという批判をここで行わないのは、この作品においては、そのことが直接の主題ではなく、主題は、当該期における官僚機構のヒエラルキーとその結果として生じる人間関係の軋轢の剔抉《てっけつ》にあったと考えるからである。そのことが生み出す政官財複合体のあり方については、次の石川達三『金環蝕』でみることにしよう。

政官財複合体——石川達三『金環蝕』

『金環蝕』は、一九六六年に新潮社より刊行され、七四年に新潮文庫に収録され、二〇〇〇年に岩波現代文庫に採録された。岩波現代文庫のカバー扉には、次のような紹介文が載っている。「時代は高度成長期、総裁選をめぐり巨額の買収が与党内で起こった。その穴埋めの政治献金を得るため、ダム建設の入札が、あるからくりとともに推し進められた……。政界・財界・官界を舞台にした一大疑獄と、野望と欲に取り憑かれた人々を活写し、政治腐敗、国費の濫費に対する国民の怒りを喚起した問題の長編小説」。『官僚たちの夏』、『中央流沙』と同様、これも現実のできごとを背景としたモデル小説である。「現実のできごと」とは、一九六四年の自民党総裁選をめぐる池田勇人、佐藤栄作の争いであり、国会で問題となった九頭竜川《くずりゅうがわ》ダム建設をめぐる入札不正疑惑、汚職疑惑である。

石川達三のキャリア

本論に入る前に、石川達三《いしかわたつぞう》についても、ごく簡単にその略歴をみておこう。石川は、一九三五年八月、第一回の芥川賞を「蒼氓《そうぼう》」で受賞した。二五歳の頃、実際に移民船に乗ってブラジルに渡った経験にもとづいて、東北農民のブラジル移民団の様相を描いたものである。その後、三八年二月の『中央公論』に掲載の「生きてゐる兵隊」が発禁処分となり、石川は、『中央公論』編集長雨宮庸蔵《あめみやようぞう》、同発行人牧野武夫《まきのたけお》とともに、新聞紙法違反で起訴された。警視庁特別高等警察部は、陸軍刑法と新聞紙法の両方の違反として東京地方検事局に書類送検したが、東京地方検事局は新聞紙法違反のみで起訴した。判決は、石川と雨宮に禁固四ヵ月執行猶予三年、牧野に罰金百円というものであったが、検察が、石川と雨宮の執行猶予は不当だと控訴し、裁判は二審まで続いた（河原理子、二〇一五）。

図15　石川達三

「生きてゐる兵隊」は、石川が希望し、中央公論社の派遣により、海軍従軍許可証を得て、実際の従軍記録を小説としてまとめたものである。雑誌掲載と同じ年、この小説は、『活着的兵隊』、『未死的兵』というタイトルで、複数、中国で出版された。中国では、反戦小説として読まれたといわれているが、石川自身は反戦小説、反軍小説という意識はなく、戦争の実態をリアルに伝えることで、国内の意識との落差を埋めたいということが執筆の動機だったとしている。

裁判で石川は次のように述べている。「国民ハ出征兵士ヲ神様ノ様ニ思ヒ、我軍カ占領シタ土地ニハ忽チニシテ楽土カ建設サレ、支那民衆モ之ニ協力シテ居ルカノ如ク考ヘテ居ルカ、戦争トハ左様ナ長閑ナモノテ無ク、戦争ト謂フモノノ真実ヲ国民ニ知ラセル事カ、真ニ国民ヲシテ非常時ヲ認識セシメ此ノ時局ニ対シ確乎タル態度ヲ採ラシムル為ニ本当ニ必要タト信シテ居リマシタ」（河原理子、二〇一五）。こうした観点から、石川は、判決後、再従軍を希望し、三九年一月には『中央公論』に「武漢作戦」を執筆、四二年には、海軍報道班員としてベトナム、シンガポールを回る。四五年一月には日本文学報国会実践部長に就任するものの、敗戦直前の四五年八月には、再び警視庁に拘束された。

戦後、石川は、旺盛な執筆活動を展開する。四九年から五一年まで『毎日新聞』に連載された「風にそよぐ葦」は、太平洋戦争期の言論弾圧事件「横浜事件」を素材としたもの、五七年から五九年まで『朝日新聞』に連載された「人間の壁」は、女性教師を主人公に、教職員組合運動や教師の理想と葛藤を描いたもの、六一年に『読売新聞』に連載された「僕たちの失敗」は、契約結婚する若いカップルを描いたものであった。いずれも多くの読者を得て、刊行後はベストセラーとなった。

社会派作家としての石川

石川は、後に、自らの小説観について「私は小説を書く前に、何を目的に書くかということを考えずにいられない。何のために書くのか。何が言いたいのか。書くことの社会的意義がはっきりしなくては、作品に着手できない。これは私の癖である。作家としては邪道であるかも知れない。目的がはっきりし、書くことの意義を強く感じたときに、私の意欲は燃えあがる」(石川達三、一九七四)と述べている。

石川の小説が社会小説といわれ、石川が社会派作家と呼ばれるゆえんである。しかし、近年、戦時中の石川の著述を見直し、あるいは発掘することから、石川達三の全体像を捉え直そうとする研究が、いくつか現れた。上述の河原理子(二〇一五)の他、呉恵升『石川達三の文学—戦前から戦後へ、「社会派作家」の軌跡—』（アーツアンドクラフツ、二〇一九年）、渡辺考『戦場で書く—火野葦平と従軍作家たち—』（NHK出版、二〇一五年）などであり、石川の文学史的位置づけの見直しが行われている。

モデル小説としての『金環蝕』

『金環蝕』も、この路線の延長線上にある。物語は、星野官房長官に指示されて、西尾官邸秘書官が、闇金融業者の石原参吉事務所を訪問することから始まる。訪問の用件は、秘密裏に二億円の資金借入れを要請するというもので、総裁選で巨額の実弾投入が行われ、その処理に必要のためであった。石原は、この要請を断るが、その背景調査に入り、その過程で、寺田総理の郷里、九州のF—川ダム建設をめぐる大手建設会社と政府系の電力建設株式会社の間の談合と汚職の存在が浮かび上がる。すでに二年前、F—川ダム建設は決定しており、現在は、「工事計画を立てること、工事費を算定すること、工事請負人を決定すること」という段階にあり、星野官房長官の属する派閥寺田派は、竹田建設に工事を受注させる見返りに五億円程度の政治献金を出させようと試みているというのである。

総裁選の結果は寺田総理の圧勝に終わったが、まだ後始末が残っていた。「それは総裁選挙のために湯水のように使ったかねの清算であった。党員と言えば政治上の同志である。

その同志が選挙に当って、総裁候補者の弱みにつけ込んで、寺田と酒井とから取れるだけ取った。ひとり当り数千万円の買収費だった。彼等は（骨までしゃぶって）置いてから、寺田総裁を当選させた」。この資金の後始末を担当したのが、寺田派の星野であった。

冒頭に述べたように、この小説は現実のできごとを背景としており、登場人物にはそれぞれモデルがいる。星野康雄官房長官は黒金泰美《くろがねやすみ》官房長官であり、石原参吉は当時金融王と呼ばれた森脇将光《もりわきまさみつ》、国会で不正入札疑惑を追及する神谷直吉は爆弾男ともマッチポンプとも当時言われた田中彰治《たなかしょうじ》、寺田政臣首相は池田勇人《いけだはやと》首相、酒井和明後継首相は佐藤栄《さとうえい》作《さく》次期首相である。小説に登場してくる大手建設会社は、竹田建設が鹿島《かしま》建設、青山組が間組《はざまぐみ》、電力建設株式会社が電源開発《でんげんかいはつ》で、その他、河野一郎《こうのいちろう》、前尾繁三郎《まえおしげさぶろう》、桜内義雄《さくらうちよしお》、田中角栄《たなかかくえい》、大平正芳《おおひらまさよし》と思しき人物も次々に登場する。この小説は、一九七五年に山本薩夫《やまもとさつお》監督で映画化され、第四九回キネマ旬報ベストテン第三位となった。星野康雄を仲代達也《なかだいたつや》、石原参吉を宇野重吉《うのじゅうきち》、神谷直吉を三國連太《みくにれんた》

図16　石川達三『金環蝕』（新潮社，1966年）

郎《ろう》が演じ、京マチ子、中村玉緒《なかむらたまお》、安田道代《やすだみちよ》なども出演した。

熾烈な総裁選と乱れ飛ぶ「実弾」

物語の発端となっている総裁選とは一九六四年の自民党総裁選のことで、この選挙で池田勇人は、佐藤栄作・藤山愛一郎の合計に一〇票という僅少差で勝利したが、この選挙では、実際、空前の現金が乱れ飛んだ。この事情は、当時第一線にいた政治部記者たちによって、次のように語られている（後藤基夫・内田健三・石川真澄、一九八二、伊藤昌哉、一九八二）。

総裁選にからむ金の話は四半世紀の自民党史に四回ある。つまり、五六年のポスト鳩山のとき、……それから六〇年の岸のあと、これも負けた大野が金に負けたと証言している。第三回が六四年の池田三選のとき、そしてその次が七二年の田中・福田の争い。ニッカ・サントリーと言われたのはこの三回目のときだ。

当時、両派が撃った『実弾』は一〇億円を下らぬと言われた。このときまで、総裁選に動くカネの主なものは、派閥単位で派の領袖から領袖へと動くものであった。派閥構成員である議員たちにはその仕える『親分』から渡されるのが普通であった。ところが六四年には、佐藤・福田陣営が池田支持を決めた派閥に対しても、その構成員である議員たちに直接個々にカネを渡して佐藤氏への投票を勧誘する手段に出た。それには各派の内部でひそかに佐藤氏を支持する議員が暗躍した。これが『忍者部隊による一本釣り』と呼ばれた戦法である。これに対してもともとの派閥単位にまとめてカネを渡す方式は『トロール』と名付けられた。相手からの切り崩しを防ぐために自派の議員に渡すカネは『防弾チョッキ』であった。このような状態では、中間派の議員たちのなかには池田・佐藤両陣営からカネをもらうのもいた。また、このときは藤山愛一郎氏も立候補したので三つの陣営のいずれからももらう者が出た。前者が『ニッカ』で、後者が『サントリー』である。また、三者の他自派からももらい、カネを出すところならどこからでも受けとるのは、とくに『オールドパー』と呼ばれた。

裏政治献金の要請

この総裁選に要した資金の後始末を、星野官房長官は、竹田建設からの政治献金によってつけようと考える。そのため星野は、ひそかに竹田建設の朝倉専務と打合せ、計画中のダム建設を竹田建設に発注するように電力建設に工作するよう依頼する。朝倉は、電力建設の若松副総裁を料亭に招き、ダム建設を竹田建設に発注するように要請する。「そこでね若松さん。物は相談だ。私たちだって道楽で土建屋をやってる訳じゃないんだ。……もうかるようにして下されば、政治献金でも何でもやりますよ。ただ献金しろと言われても、おいそれとは応じられない。そうでしょう」、「話はね、あなたはもうお察しがついていられるでしょうから、ずばり言いましょう。……九州のF―川を私に下さい」、「F―川を私のところに貰えれば、私は黙って献金します。三億でも四億でも献金します。ほかの同業者に相談する必要はない。私のところだけでやります。それなら官房長官も助かるという訳だ」。

しかし、電力建設会社は、九五％政府出資であり、必ず規定の手続きによる入札があり、「不明不当の支出があれば国会の決算委員会で追及されることも有り得る」。財部総裁は青山組と近しい。そこで、以後、さまざまの形で、竹田建設が工事を落札できるように工作が続くことになる。財部は、あと三ヵ月で総裁任期が満了になる。留任をちらつかせた通産大臣からの強硬な要求もあるが、財部は、任期中に受注者を決めてしまおうと決意する。竹田建設は、一方で若松副総裁を使って財部追い落としを図り、他方で、財部への賄賂の申し出も行い、財部は任期満了を待たずに総裁を辞任する。この間、石原参吉は、星野の身辺調査、工事受注をめぐる竹田建設の動きの調査を続け、多くの秘密を握る。日本政治新聞というイエロー・ペーパーを発行している古垣常太郎も、財部からダム受注にまつわる内部の対立、寺田首相夫人からの名刺のことなどを聞き出す。

電力建設会社総裁の更迭

財部総裁が更迭され、松尾新総裁が着任してから、F—川ダムの入札手続き作業が急速に進行し始めた。「(松尾総裁は)若松副総裁を自室に呼んで、F—川問題のそれまでの経緯一切を聴取した。事務的な問題の進行状況、総理や官房長官や通産大臣との関係、それから今後の重要課題であるところの竹田建設との関係、入札についての前例やその裏面工作。……そういう事を一応聞いて置いてから役員会を招集し、自分の総裁としての方針を示し、協力を求めた。それからF—川ダム工事の問題に言及して、入札期日を九月二十五日まで延期することを申し渡した。それまでにはまだ一ヵ月ある」。

電力建設会社には特別作業班が作られ、「この工事に必要な資材、人員、工期などを計算し、工法を研究し、どれだけの予算があればこの工事が正当に、無理のない方法で完成し得るかを計算し、その金額を決定する」ことになった。算定の結果は、一回目が四七億四〇〇〇万円、再算定で四八億一〇〇〇万円となった。そして、入札に当っての割引率、ロー・リミット(入札の最低金額)は、本社役員会で決定することとされた。割引率は、役員会でくじ引きで七%と決まった。九月二五日の入札では、深川組三九億六六〇〇万円、青山組四〇億八八〇〇万円、大岡建設三八億九二〇〇万円、竹田建設四五億二七〇〇万円、高田建設三九億五一〇〇万円となり、作業班算定の四八億一〇〇〇万円より七%を割引いた四四億七三三〇万円がロー・リミットとなり、竹田建設以外はすべて失格となり、最も高い値を付けた竹田建設が工事を落札した。

指名入札という方式

ダム建設などの大規模工事においては、当時は、指名競争入札方式が一般的であった。戦後、改訂された会計法の第二九条第三項に「契約の性質または目的により競争に加わるべき者が少数で第一項の競争に付す必要がない場合、および同項の競争に付することが不利と認められる場合においては、政令の定めるところにより、指名競争に付するものにする」とあり、指名競争入札は、これに基づいて実施されてきた。受注者は、経営事項審査、入札参加資格者申請などを経て参加資格を得るが、発注者は、参加資格会社を無作為に指名するわけではなく、過去の同種、同規模の工事実績、会社規模、会社所在地などいくつかの指名基準を作成して指名を行う。しかし、この指名基準は、当時は全くといってよいほど非公表で、実際には発注者の恣意が働くことが多かった。選挙のときに首長を応援した建設会社の指名が増えるといったことが日常的に起きていた（日経コンストラクション、二〇〇四）。この典型例として、F―川ダム工事入札が語られたのである。

入札から二週間後、寺田総理は病に倒れる。脳軟化症という診断で入院し、再起が危ぶまれている。そうしたなか、F―川の汚職を嗅ぎつけ情報収集に奔走していた石原参吉は、西尾秘書官を呼び出し、星野の指示で財部前総裁を説得するために寺田首相夫人の名刺を渡したことを追及する。さらに寺田首相夫人からもこの件を外部に洩らしたのではないかと追及され、これを気に病んだ西尾秘書官は、数日後住んでいる自宅アパートの給水タンクの上で変死体となって発見される。この変死をきっかけに、東京地方検察庁が、F―川問題の調査に乗り出す。星野官房長官は、新たに着任した神原法務大臣に話して、この問題を地検がとりあげることを止めるのに成功する。しかし、国会では、マッチポンプ男として知られる神谷代議士がF―川問題をとりあげると通告し、星野は、決算委員会委員長を通じてこれも抑え込もうとするが、こちらは失敗する。

国会での追及――マッチポンプ

神谷は、決算委員会で、石原参吉の資料や政治新聞古垣常太郎の記事を使って、電力建設の松尾総裁、財部前総裁、竹田建設朝倉専務への質問を繰り返す。質問を続けようと意気込んでいた神谷だが、石原参吉が、脱税、脅喝、不正金融で逮捕され、質問継続中の古垣常太郎も殺害される。神谷は、「すみやかにこの古垣氏殺害事件の真相を調査していただきたい。その真相がはっきりするまで、私は質問を続行する訳には参りません。よってそれまで、委員会の審議を中止していただきたいと思います」と通告し、審議は中断される。翌年三月初め、寺田前総理は死去。その後、民政党の斎藤幹事長に呼び出された神谷直吉は二〇〇〇万円の調査費で外遊を勧められ、これによってF—川問題に対する質疑は消滅する。会計検査院の報告も、見積書提出後、技術審査のため十日間もそのまま保管していることは不適当、ローア・リミットを設定したことは適当と認められない、七％以下の金額を入札したものをただちに失格者として除外したことは不適当としているものの、国費浪費の責任を追求する文言は見当たらなかった。一般庶民は何も真相を知らされず、政治の上層部では、個人的な権勢欲や野心や名誉欲のために税金が濫費されたというのが、この小説の結びとなった。

モデルとなった九頭竜ダム建設

F—川ダムの入札経緯、その後の二つの死亡事件、国会決算委員会での追及。これらも、ほぼ実際の経過どおりである。九州のF—川ダムとなっているが、実際には、電源開発最後の大規模ダムといわれた九《く》頭竜《ずりゆう》ダムであり、ゼネコン各社は、この受注をめぐってしのぎを削っていた。実際の推移をごく簡単にみておくと次のとおりである（横山泰治、一九六七、緒方克行、一九七六）。

一九六四年七月、池田勇人が総裁選に勝利して第三次池田内閣を組織する。得票数は、池田二四二票、佐藤一六〇票、藤山七二票、灘尾一票であった。翌八月二七日、藤井崇治《ふじいそうじ》電源開発総裁が三期六年の任期満了に伴い退任、翌日、吉田確太《よしだかくた》新総裁が着任した。入札までの経緯は、まず八月二〇日、藤井総裁の下で、入札参加者、入札適正率を決め、九月三日に吉田新総裁の下で、指名業者を決定、翌四日、全指名業者に机上説明実施、一七日、特別作業班作業開始、二四日指名業者より見積書および見積付属図書受領、同日作業班の会社目途額封入、二九日技術審査、一〇月一日開封、会社目途額四四億九〇〇〇万円、ロー・リミット八・五％、この結果の見積制限価格は第一工区四一億八三五万円となることが明らかとなり、指名業者の見積額は、それぞれ鹿島建設四一億三八〇〇万円、間組四〇億九八〇〇万円、熊谷組《くまがいぐみ》四〇億二〇〇〇万円、前田建設工業《まえだけんせつ》三九億九六〇〇万円、西松建設《にしまつけんせつ》三九億七八〇〇万円であったから、鹿島以外は失格となり、最高額の鹿島建設が落札した。なお、第二工区も、ロー・リミットを上回ったのは佐藤工業一社であった。

受注業者確定後の一〇月一〇日に情報誌『マスコミ』（言論時代社、倉知武雄《くらちたけお》主幹）に「ナゾの政治献金五億円、九頭竜ダム入札に疑惑」という記事が載り、藤井前総裁の談として、「通産大臣その他八方から政治的圧力があり、池田総理の選挙費の穴埋め工作に巻き込まれるのは嫌だから辞任した」という趣旨の発言が掲載された。同月二五日、病に倒れた池田首相は退陣を表明し、一一月九日、佐藤栄作が後継首相となった。一二月、ダム建設による水没補償問題が顕在化する。六五年二月一二日、池田前首相秘書官中林恭夫が自宅公務員住宅屋上から転落死、二五日、田中彰治代議士が、衆議院決算委員会席上で九頭竜ダムの入札疑惑の追及を始める。二八日、福井県、九頭竜ダム建設計画を認可。四月、九頭竜ダム工事着工。同月九日、言論時代社主幹倉知武雄が三男に殺害される。五月、森脇将光、吹原産業《ふきばらさんぎょう》事件で逮捕、七月巨額脱税で追起訴される。六六年八月、田中彰治、虎ノ門事件がらみで逮捕。六八年六月、九頭竜ダム完成。以上が、大雑把な事実経過である。

決算委員会の質疑応答で、小峰会計検査委員長は「ローア・リミットを設定して機械的に入札をやる制度には反対であり、通産大臣の認可した工事請負規程に従ってやるべきである」との意見を述べ、伊藤栄樹《いとうしげき》法務省刑事局検事も「個人的にずっとこの九頭竜問題についての決算委員会の経緯をうかがっておりまして、何となくおかしいという感じはぬぐい切れないのであります」と疑問を呈している。この経緯を見る限り、政治的疑惑があることは疑いのないようにみえる。しかし、この疑惑は、突き詰められることなく、幕切れとなった。

三〇年後の再検証

ただし、三〇年後に、事件の追跡取材を行った共同通信社会部（一九九八）は、「ゼネコン汚職の原点とも言われた九頭竜ダム疑惑。『政界中枢の圧力で仕組まれた不正入札』という疑惑の構図は、入札やり直しをもくろむ田中彰治や間組が描いた幻であった。むしろ九頭竜ダムの入札は電発が初めて試みた公正な競争入札だった。しかし情報管理が不完全だったためロワーリミット情報が洩れ、その結果、鹿島が落札した。それが私たちの下した結論である」と、不正入札自体に否定的見解を示している。その根拠は、失格した間組、落札した鹿島の双方とも、独自に算出した見積は電発目途額と同程度であり、水増しは確認できなかったこと、田中が以前から間組、藤井前電発総裁と癒着関係にあり、藤井総裁在任中に談合で間組が九頭竜ダムの工事を落札するように画策していたことの二点に求めている。もっとも、「渡辺（鹿島建設副社長）は『三せる』という言葉をよく口にしていました。飲ませる、つかませる、抱かせるの三せる。カネをつかませるまではやさしいが最後の女を抱かせるまでいくのが大変だ。だけどそこまでしないと仕事は取れない」と副社長付秘書の言葉を紹介し、「政治家との密会場所は虎ノ門のホテルオークラ本館だった」とも、共同通信社会部（一九九八）は記しているから、不正入札とは別に裏政治献金があったかなかったかの論証はここでもされていない。

「まわりは金色の栄光に輝いて見えるが、中の方は真黒に腐っている」。『金環蝕』というタイトルのゆえんである。岩波現代文庫の解説で、「『金環蝕』ほどナマナマしく、政治とカネの関係を描いたものはないだろう」と述べる佐高信の言葉は今なお有効であろう。ジャーナリズムに近い乾いた文体、善と悪の境界に位置する男女の書き分け、構成のテンポの良さ。これらの特質は、今読んでも色あせることはない。石川の小説は、山崎豊子《やまさきとよこ》よりは、高村薫《たかむらかおる》『晴子情歌』『新リア王』『太陽を曳く馬』に引き継がれているようにも思える。

開放経済への移行と統治システムの軋み

『官僚たちの夏』『中央流沙』『金環蝕』をみてきた。いずれも一九五〇年代末から六〇年代前半、高度成長が始動するなかで、封鎖経済から開放経済へと移行を遂げていく時期の官僚システムや政官財の関係をとりあげた物語であった。

『官僚たちの夏』は、通産省キャリア官僚たちの思考と行動を描き、キャリア官僚内の「民族派と国際派」、「統制派と自由派」、「マクロ政策派とミクロ調整派」といった差異と対抗をあぶりだすと同時に、特振法そのものの時代適合性を検討している。小説を通して、特振法がはたして六〇年代はじめという時期に本当に適合的な法律であったかどうかも問うている。その意味では、この小説は、産業政策そのものを対象とした物語ということもできる。

『中央流沙』も同じように砂糖自由化をとりあげながら、小説の主題はそこにはない。そこで描かれているのは、「上級官僚、中級官僚、下級官僚」といった、この時期の官僚機構のあり方であり、その機構における強者と弱者の関係の摘出であった。推理小説的技法を使いながら、こうした人間関係を描き出すことで、具体的イメージをもって支配と従属のありようを明らかにしており、当該期の官僚機構論として読者に迫ってくるものとなっている。

『金環蝕』は、ストレートにこの時期の政官財の関係を描いている。六四年の池田、佐藤の政権獲得をめぐる抗争を背景に、ダム建設の受注をめぐっての不正疑惑、汚職疑惑が語られる。岡義武《おかよしたけ》（一九五八）は、「官庁内部に特権を復活することは、上級官僚と政党（とくに与党）との癒着を一層深化することによって、利権をめぐる汚職の禍因をさらに醸成し、延いては特権がともなう非合理的な部内の服従関係によって、連鎖反応的に中下級公務員の地位へ汚職を蔓延させる動因ともなる」、「日本の現状は、官僚の同質的基礎を媒体として利権における三位一体の実現を容易ならしめている」と述べた。いわば古典的な政官財複合体論である。

『金環蝕』は、池田三選とダム汚職疑惑を組み合わせたものである。この主題は、岡のいう古典的な政官財複合体論そのものといってよいが、後者の、池田政権下の国民所得倍増計画、全国総合開発計画や、その下での社会資本整備という経済政策としてのダム建設に着目すれば、「企業支配と企業社会統合が形成され」、「自民党政治が開発主義を国家目標に掲げ国民を統合する体制をつくった」開発主義国家論（渡辺治他、二〇〇二）につながる。前者、すなわち当該期の保守政治、自民党政権における派閥抗争や族議員の問題につなげれば、この小説は「仕切られた多元主義」というこの時期の自民党政治の特質を摘出したものということになる（佐藤清三郎・松崎哲久、一九八六）。社会科学的分析に通底する主題の設定となっているということができる。

現代の座標軸としての高度成長——エピローグ

　ここまで、産業構造の重化学工業化にともなう労働の質的変化、都市化の進展とその下での日本型近代家族の形成と変容、高度成長期統治システムの形成とその特質という三つの領域に絞って、高度成長期に書かれたいくつかの小説をみてきた。ここであらためて本書冒頭の問い、「高度成長期に書かれた文芸、それも小説が、同時代の経済発展や経済システムをどのように捉えていたのかを検討してみたい」という課題に戻って、この課題がどの程度達成されたのかを、最後に考えてみよう。

　そもそも、なぜ我々は小説を読むのか。動機はさまざまであろうが、小説を読むことを通して、そこでの登場人物の思考や行動に共感したり反発したりしながら、そして、それと比較しながら、自分は何者であるかを知りたいということがひとつであろう。自己認識のための読書である。もうひとつは、小説が描く社会、それは国、地域、会社、家庭といったさまざまな集団、あるいは、そこでの政治活動、経済活動、社会活動、海外活動といった活動領域を知ることを通して、自分が今どのような社会に生きているのか、どこから来てどこへ行くのかを知りたいということではないか。その場合、おそらく同時代的認識としての横への比較と歴史的認識としての縦への比較が常になされるであろう。共時的認識と通時的認識といってもよい。社会認識、世界認識のための読書である。本書では、このふたつの動機のうち、主として後者に視点を合わせてとりあげる小説を選んできた。

そうした視点からこれらの小説を読み解いていく焦点、社会認識の焦点を、本書では、労働、家族、統治システムの三つに置いた。高度成長期における労働の転換、とりわけ重化学工業部門におけるそれは、ひとことでいえば、従来の高熱重筋労働からシステム管理労働への転換といってよい。『氾濫』の石油化学工業では、外国技術の導入によりナフサ分解を中心技術とする石油化学工業が新たに出現した。『ジャンケンポン協定』の鉄鋼業では、製銑工程における高炉大型化・製鋼工程におけるLD転炉への転換・圧延工程におけるホット・ストリップ・ミルの導入、さらにはその大型化が進んだ。『ふたたび歌え』

の造船業では、溶接ブロック建造法の導入、主機製造設備の近代化に続いて、初期工程における合理化機械の開発、工程間の搬送における流れ作業方式の確立、組立工程における溶接の自動化・高能率化、ドック・クレーンの大型化といった船舶建造法の革新が進んだ。『聖産業週間』、『時間』の自動車産業では、量産体制をめざす急速な機械設備の近代化が進められ、流れ生産方式による大量生産体制が確立した。

こうした革新投資、近代化投資の進行により、仕事の現場はそれまでと大きく姿を変えた。その変化のあり方は、それぞれの小説のなかで、ある場合にはきわめて具体的に、ある場合には抽象化して描かれた。そして、この描写から、我々は、この段階に特有の労働意識、すなわち、この段階に特徴づけられた労働による自己実現と労働による自己疎外を読み取ることができた。

高度成長期の家族像についてはどうか。戦前の三世代同居の大家族制度、端的には男系長子相続制は、戦後民法によって法制度的には否定されたが、戦後民法の規定する家族像が実体として展開していくのは、高度成長期に入ってからであった。高度成長に伴う農村から都市への大規模な人口移動、それも若年労働力を軸とする大量移動は、夫婦と少人数の子供という核家族世帯を膨大に生み出した。そこでは、夫／父は稼ぎ手、妻／母は家事と育児という家庭内性別役割分業構造の固定が「標準」となり、また、戦前の直系家族的な規範がかなりの度合いで残滓として存在し、それは高度成長期の企業内労務統轄機構とも親和的であるという特徴をもっていた。

もっとも本書でとりあげた小説が、高度成長期のこうした典型的家族像を正面からとりあげたかといえば、それはそうではなかった。『夕べの雲』では、高度成長期に典型的に生み出された日本型「近代家族」というよりは、むしろ戦後民法で理念とされた「近代家族」に近い家族像が描かれた。『遠雷』は、日本型農村家族が、高度成長期の地域開発、国土開発のなかで崩壊に追い込まれているさまを、その後を展望しつつ描写した。『拳銃』は、戦前の直系家族的な規範が、高度成長のなかで崩れていくさまを、高度成長期の大衆消費社会の実現と絡めて描いた。高度成長期に確立し、その後溶解していく日本型「標準家族」を、その理念形、先行き、前史として浮き彫りにしたのが、これらの小説であった。

高度成長は、一連の経済政策によっても促進された。もっとも、高度成長期経済政策の役割については、それを高く評価する見解と否定的な見解が現在でも並存している。また、いわゆる産業政策と財政・金融政策の間ではその評価に大きな差があり、もっぱら問題にされてきたのは産業政策についてであった。産業政策は、財政・金融政策と照応しつつも、より直接的な重化学工業育成政策として展開され、特定産業部門の保護・育成、産業部門間調整、生産分野調整、設備投資調整、合理化援助等が強力に推進された。この産業政策においてとりわけ注目すべきは、いわゆる「官民協調方式」と称される行政当局の指導・介入の存在である。

たとえば、鉄鋼業ではこの指導・介入は、設備投資については五九年一二月の通産省による長期設備計画適正実施要請を発端とし、以後、同省が調整原案を提示しそれを受けて鉄鋼連盟業務懇談会が企業間自主調整を行う、という形で六〇年代を通して実行され、価格調整・生産調整についても、五八年の「公販制」実施要請、六二〜六三年、六五〜六六年の粗鋼操短勧告が同様の形態をとってなされた。また、石油精製・石油化学業では指導・介入の度合いはより強力であった。石油精製業ではきわめて統制色の濃いといわれる六二年の石油業法制定以降、通産省が石油審議会を通して石油連盟に自主調整を要請する、あるいは石油連盟の了解の下に一定基準を提示するという方式をとって、設備投資・価格・生産にたいする調整・指導・介入が連年行われた。石油化学業でも六四年に官民協調懇談会が設立され、生産調整の中核機関としての役割を果たした。

こうした一連の産業政策は、政官財複合体といわれる統治主体＝支配主体の形成に裏打ちされ、支えられていた。政官財複合体とは、保守政党・官僚機構・財界の三者が「三角同盟」による権力ブロックを構成し、この集団がほとんど排他的に政策決定機構の中枢を独占している体制に他ならない。この政官財複合体体制は一九五〇年代後半以降に創出された。

「政」の側でその条件をつくりだしたのは、五五年体制の成立とそれによる自民党の長期安定政権の確立であった。自民党の政権党としての安定は、官僚機構からの人的資源の供給を恒常化する（官僚出身議員比率の上昇）とともに、各省庁専門部局とそれに対応する自民党政調会各部会・特別委員会との関係を緊密化・日常化させ、党の政策立案・調整能力を上昇させることになった。

「財」の側の条件は、「財界奥の院」と呼ばれる日本経済団体連合会《けいざいだんたいれんごうかい》の成立である。経団連の各種の公的委員会は、各省庁の重要部局ごとに編成され同時に自民党の政調会各部会に対応していた。経団連は、政府の各審議会・調査会・懇談会に委員を送りこみ、一〇〇をこえる審議会への経団連の委員推薦は、関係省庁の要請に応えるという形でなされた。さらに、各省庁の担当部局と経団連事務局との日常的接触を通ずる政策調整であり、各省庁の部局原案はその作成以前の段階で経団連事務局との密接な打ち合わせが行われた場合が多かった。また、政党とくに自民党への影響力の行使は、政治資金の提供によってなされ、公的には五五〜六一年の経済再建懇談会、六一〜七四年の国民協会を通じて、私的には公的政治資金の四〜五倍にも達するといわれる私的政治献金の仲介を通じて政策立案・決定過程への影響力を確保した。

こうした政・官・財各々の条件に支えられて、岡義武（一九五八）のいう政官財複合体が確立するが、この権力ブロックに内的矛盾が存在しないというわけではなかった。たとえば、一九六三年の「特振法」の策定とその廃案化をめぐる官と財との対立、六〇年代末から七〇年代初頭にかけての一連の公害立法をめぐる財と政・官との齟齬、三木内閣時の独占禁止法改正をめぐる政・官・財相互の軋轢は、三者間の矛盾の存在を顕在化させた代表的事例であった。

『官僚たちの夏』は、まさに、この統治システム内部における矛盾と対抗を描き出したものであった。『中央流沙』は、それよりもやや早い時期における自由化政策をめぐる官僚機構内部の軋轢と官・財の癒着を描き出した。『金環蝕』は、この政官財複合体における意思決定のありようを、ダム開発という当該期の国土開発政策に焦点を合わせて明らかにした。

以上のようにみてくると、本書でとりあげた小説群は、それぞれ、第一章では、労働による自己実現と自己疎外という座標軸、第二章では、生活の基本単位としての家族ないし世帯という座標軸、第三章では、組織における主体と客体あるいは支配と被支配という座標軸を、読者に提示したことになる。この座標軸を、高度成長終焉後から現在までの小説に当てはめるとどのようにみえるのか。その比較の基準がここで与えられた、ということになる。これが、冒頭の問いに対する一応の回答である。

あとがき

現代史をどのように語ったらいいのだろう。高度成長が終わってほぼ半世紀、この時代を自分の経験として知っている人は少数となり、多くの人々にとって、高度成長期は「歴史的な出来事」となった。「歴史」に対象化されるということは、この時代の「物語化」＝「神話化」が始まるということである。ただし、高度成長期は、古代や中世とは異なり、現代という物差しの中にあり、現在に直接つながっている。それゆえ、この「物語化」には他の時代にはない特徴がある。それは豊富な素材の存在である。

素材の一つは、大量の数字である。政府や地方自治体、民間シンクタンクが毎年発表する統計データは、政府・企業・家計・海外のあらゆる分野に及んでいる。これらのデータをみながら、私たちは「景気がよい、悪い」「雇用がよくなった、悪くなった」「物価が上がった、下がった」といった分析をし、そこから、ある時代にまとまった特徴が検出できるかどうかの判断をしている。

素材のもう一つは、さまざまの文書記録である。第一にあげられるのは「公文書」である。二〇〇一年からの情報公開法の施行、二〇一一年からの公文書管理法の施行によって、公文書の重要性は改めて確認された。もっとも、日本の公文書管理の現状に極めて大きな問題があることはよく知られている。公文書以外にも、新聞や雑誌、あるいは個人の日記や家計簿などの記録もある。

素材の三つめは、さまざまのモノである。いわゆる「三種の神器」、「3C」といった大衆消費財、電卓やカメラ、映画フィルム、ラジオ番組のテープ、テレビ番組のビデオ、団地やビルなどの建築物など、あふれるモノたちが、現在に残されている。例えば、国立歴史民俗博物館の展示第6室〈現代〉には、団地室内やテレビスタジオの再現模型、ダム建設にともなう水没集落の再現模型などが展示されている。

では、こうした大量の素材を利用することで、高度成長という時代を包括的かつ十全にとらえることができるのか。この判断は難しい。主流の素材、流行の素材は残りやすいが、そうでないものは早く消え去る、あるいはそもそも記録されないという問題がある。近年におけるオーラル・ヒストリーの広がりは、この残りにくいものを残そう、見えにくいものを可視化しようという試みの一つであろう。さらに、どのような物語を私たちが読みたいかという読み手の側の欲求＝視点の問題もある。ジャパン・アズ・ナンバーワンといわれた時代に読みたい物語と、「失われた二〇年」の後に読みたい物語はおのずと異なるだろうからである。

本書は、これまで経済史ないし経済学の分野で把握されてきた高度成長像、その多くはマクロの経済構造・経済動態の分析から導き出された歴史像であるが、この高度成長像に対して、文学という目を通したらどのような高度成長像が見られるのか、見えにくいものを可視化してみたいという試みでもある。同時代の文学者の目に映った高度成長がどのようであったかを抽出することを通して、マクロの構造分析から抜け落ちてきた高度成長の姿が少しでも可視化できているとすれば幸いである。こうした試みの場を提供してくださった吉川弘文館編集部に感謝します。

二〇二〇年八月

伊藤正直

参考文献

プロローグ

堺　憲一『日本経済のドラマ―経済小説で読み解く　一九四五―二〇〇〇―』（東洋経済新報社、二〇〇一年）
伊藤正直「復興と高度経済成長」（佐々木潤之介他『概論　日本歴史』吉川弘文館、二〇〇〇年）

「戦後文学」論争の射程

西川長夫『日本の戦後小説―廃墟の光』（岩波書店、一九八八年）
本多秋五『物語戦後文学史』下（新潮社、一九六六年）
本多秋五「『戦後文学』は幻想か」（『群像』一九六二年九月号）
佐々木基一「『戦後文学』は幻想だった」（『群像』一九六二年八月号）
臼井吉見監修『戦後文学論争』下（番町書房、一九七七年）
磯田光一「戦後文学の精神像」（『文芸』一九六三年三月号）
奥野健男「『政治と文学』理論の破産」（『文芸』一九六三年六月号）
伊藤　整「『純』文学は存在し得るか」（『群像』一九六一年一一月号）

重化学工業化と仕事の現場

熊沢　誠「小説のなかのサラリーマン像」（熊沢誠『職場史の修羅を生きて―再論　日本の労働者像

――』筑摩書房、一九八六年）
渡辺徳二『石油化学工業』（岩波新書青版605、一九六六年）
渡辺徳二編『戦後日本化学工業史』（化学工業日報社、一九七三年）
中村忠一『日本産業の企業史的研究―化学産業を中心に産業論から経営史への接近―』（雄渾社、一九六五年）
通産省他編『通商産業政策史一〇　第Ⅲ期　高度成長期(3)』（通商産業調査会、一九九〇年）
工藤　章「石油化学」（米川伸一他編『戦後日本経営史』第Ⅱ巻、東洋経済新報社、一九九〇年）
平野　謙「解説」（『日本文学全集三五　伊藤整』新潮社、一九六七年）
鎌田慧編集代表『「新日本文学」の六〇年』（七つ森書館、二〇〇五年）
佐木隆三「著者自筆年譜」（『ジャンケンポン協定』講談社文庫、一九七六年）
佐木隆三『供述調書　佐木隆三作品集』（講談社文芸文庫、二〇〇一年）
置塩信雄・石田和夫編『日本の鉄鋼業』（有斐閣、一九八一年）
岡本博公『現代鉄鋼企業の類型分析』（ミネルヴァ書房、一九八四年）
米倉誠一郎「鉄鋼」（米川伸一他編『戦後日本経営史』第Ⅰ巻、東洋経済新報社、一九九一年）
石田和夫他編著『現代技術と企業労働』（ミネルヴァ書房、一九七八年）
石田和夫編著『現代日本の鉄鋼企業労働』（ミネルヴァ書房、一九八一年）
道又健治郎『現代日本の鉄鋼労働問題』（北海道大学図書刊行会、一九七八年）
熊沢　誠「職場社会の戦後史」（熊沢前掲『職場史の修羅を生きて』筑摩書房、一九八六年）

黒井千次「自筆年譜」(『昭和文学全集二四』小学館、一九八八年)
黒井千次『仮構と日常』(河出書房新社、一九七一年)
下川浩一「自動車」(米川伸一他編『戦後日本経営史』第Ⅱ巻、東洋経済新報社、一九九〇年)
中村静治『現代自動車工業論』(有斐閣、一九八三年)
トヨタ自動車工業株式会社『トヨタの歩み』(一九七八年)
トヨタ自動車株式会社『創造限りなく　トヨタ自動車五〇年史』(一九八七年)
磯田光一「聖性希求の座礁」(『新鋭作家叢書　黒井千次集』河出書房新社、一九七二年)
上田　修『経営合理化と労使関係』(ミネルヴァ書房、一九九九年)
久保田達郎他編著『新左翼労働運動一〇年—三菱長崎造船社研の闘争』Ⅰ、Ⅱ(三一書房、一九七〇年)
三菱長崎造船社会主義研究会編『左翼少数派労働運動—第三組合の旗をかかげて』(三一書房、一九七三年)

都市化・地域開発と家族の変容

渡辺洋三『日本社会と家族』(労働旬報社、一九九四年)
目黒依子「総論　日本の家族の『近代性』変化の収斂と多様化の行方」(目黒依子・渡辺秀樹編『講座社会学　2　家族』東京大学出版会、一九九九年)
岩上真珠「高度成長と家族—『近代家族』の成立と揺らぎ」(大門正克他編『高度成長の時代2　過熱と揺らぎ』大月書店、二〇一〇年)

庄野潤三「私の履歴書」(『日本経済新聞』一九九八年五月一日―五月三一日)
阪田寛夫「七篇再読」(庄野潤三『プールサイド小景・静物』新潮文庫、二〇〇二年改版、解説)
阪田寛夫『庄野潤三ノート』(冬樹社、一九七五年)
江藤　淳『成熟と喪失―母の崩壊―』(河出書房新社、一九六七年)
川本三郎『郊外の文学誌』(新潮社、二〇〇三年)
安田直樹「川崎市北西部(多摩区域、麻生区域)の地域的特色」(『弘大地理』二六、一九九〇年)
多摩川誌編集委員会編『多摩川誌』(山海堂、一九八六年)
立松和平『境界線上のトマト―「遠雷」はどこへいくか』(河合ブックレット五、一九八六年)
㈳宇都宮工業団地総合管理協会ホームページ (http://www14.ocn.ne.jp/~ukdanchi/11.html)
宇都宮市史編さん委員会編『宇都宮市史　近・現代編Ⅱ』(宇都宮市、一九八一年)
澤田裕之「高度経済成長期における関東地方の農業生産の地域的変化」(『立正大学文学部研究紀要』一一号、一九九五年)
立松和平「労働を舞踏へ」(同『魂の走り屋』砂子屋書房、一九八四年)
黒古一夫『立松和平　疾走する境界』(六興出版、一九九一年)
立松和平「後記」(立松和平『地霊』河出書房新社、一九九九年)
栗原裕一郎「歴史的事実をめぐる困難―立松和平『光の雨』」(栗原裕一郎『〈盗作〉の文学史―市場・メディア・著作権』新曜社、二〇〇八年)
伊藤正直・新田太郎監修『ビジュアル日本　昭和の時代』(小学館、二〇〇五年)

日清食品「日清食品クロニクル」(http://www.nissinfoods.co.jp/knowledge/chronicle/index.html)。
上山和雄「東京オリンピックと渋谷、東京」(老川慶喜編著『東京オリンピックの社会経済史』日本経済評論社、二〇〇九年)
韓戴香「自動車工業」(武田晴人編『高度成長期の日本経済』有斐閣、二〇一一年)
国土交通省総合政策局観光部『日本人海外旅行客数』各年版

五五年体制と統治システム

香西　泰『高度成長の時代　現代日本経済史ノート』(日本評論社、一九八〇年)
佐高　信『「官僚たちの夏」の佐橋滋』(七つ森書館、二〇〇九年)
西川伸一『城山三郎「官僚たちの夏」の政治学―官僚制と政治のしくみ―』(ロゴス、二〇一五年)
大蔵省財政史室編『昭和財政史　昭和二七～四八年度　国際金融・対外関係事項(2)』12(一九九二年)
通商産業省・通商産業政策史編纂委員会編『通商産業政策史』第八巻(通商産業調査会、一九九一年)
大山耕輔「新産業体制論と特定産業振興」臨時措置法案」(通商産業省・通商産業政策史編纂委員会『通商産業政策史　一〇』通商産業調査会、一九九〇年)
呂寅満「一九六〇年代前半の産業政策―「特振法」構想と通産省の国際競争力認識」(武田晴人編『高度成長期の日本経済―高成長実現の条件は何か―』有斐閣、二〇一一年)
佐橋　滋「特振法の流産」(エコノミスト編集部編『戦後産業史への証言　一　産業政策』毎日新聞社、一九七七年)
浅井良夫「高度成長と財政金融」(石井寛治他編『日本経済史5　高度成長期』東京大学出版会、二〇

一〇年）
伊藤正直「国民所得倍増計画と財政・金融政策」（原朗編著『高度成長展開期の日本経済』日本経済評論社、二〇一二年）
伊藤正直「高度成長の構造」（『シリーズ　日本近現代史4』岩波書店、一九九四年）
長谷川信・武田晴人「産業政策と国際競争力」石井寛治他編『日本経済史5　高度成長期』東京大学出版会、二〇一〇年）
奥野正寛・鈴村興太郎「本書のまとめ」（小宮隆太郎他編『日本の産業政策』東京大学出版会、一九八四年）
南部鶴彦「産業政策の有効性」（宇沢弘文編『日本経済　蓄積と成長の軌跡』東京大学出版会、一九八九年）
高橋敏夫『松本清張「隠蔽と暴露」の作家』（集英社新書916、二〇一八年）
石倉義博「〈社会〉を語る文学―戦後日本の社会的想像力をめぐって―」（『ソシオロゴス』22、一九九八年）
原　武史『「松本清張」で読む昭和史』（NHK出版新書586、二〇一九年）
大岡昇平「常識的文学論」（『群像』一九六一年一二月号）
平野謙・松本清張「私小説と本格小説」（『群像』一九六二年六月号）
松本清張「大岡昇平氏のロマンチックな裁断」（『群像』一九六二年一月号）
辻井　喬『私の松本清張論―タブーに挑んだ国民作家―』（新日本出版社、二〇一〇年）

保坂正康『松本清張と昭和史』(平凡社新書、二〇〇六年)
関川夏生『昭和三十年代 演習』(岩波書店、二〇一三年)
松本清張「現代官僚論」(『文藝春秋』一九六三年一月号〜一九六五年一一月号)
楊　華「松本清張の初期作品の社会性について―『点と線』から『ある小官僚の抹殺』へ―」(『国際文化論集』第三一巻第二号、西南学院大学、二〇一七年)
鳥山　淳「砂糖とともに継続する歴史経験」(〝PRIME〟№42、二〇一九年)
今井善衛「自由化の推進」(エコノミスト編集部編『戦後産業史への証言　一　産業政策』毎日新聞社、一九七七年)
清水徹朗他「貿易自由化と日本農業の重要品目」(『農林金融』農林中金総合研究所、二〇一二年一二月号)
河原理子『戦争と検閲―石川達三を読み直す―』(岩波新書、二〇一五年)
石川達三「経験的小説論」(『石川達三作品集』第二五巻、新潮社、一九七四年)
呉　恵升『石川達三の文学―戦前から戦後へ、「社会派作家」の軌跡―』(アーツアンドクラフツ、二〇一九年)
渡辺　考『戦場で書く―火野葦平と従軍作家たち―』(NHK出版、二〇一五年)
後藤基夫・内田健三・石川真澄『戦後保守政治の軌跡―吉田内閣から鈴木内閣まで―』(岩波書店、一九八二年)
伊藤昌哉『実録　自民党戦国史―権力の研究―』(朝日ソノラマ、一九八二年)

日経コンストラクション編『入札激震―公共工事改革の衝撃―』（日経BP社、二〇〇四年）
横山泰治『現代の汚職　政治腐敗の実態とからくり』（三一書房、一九六七年）
緒方克行『権力の陰謀　九頭竜事件をめぐる黒い霧』（現代史出版会、一九七六年）
共同通信社社会部『東京地検特捜部』（講談社＋α文庫、一九九八年）
岡義武編『現代日本の政治過程』（岩波書店、一九五八年）
渡辺治他編『開発主義国家と「構造改革」』（『ポリティーク』第五号、旬報社、二〇〇二年）
佐藤誠三郎・松崎哲久『自民党政権』（中央公論新社、一九八六年）

著者略歴

一九四八年、愛知県に生まれる
一九七六年、東京大学大学院経済学研究科博士課程単位取得退学、経済学博士
現在、大妻女子大学学長、東京大学名誉教授

〔主要著書〕
『高度成長から「経済大国」へ』（岩波書店、一九八八年）
『日本の対外金融と金融政策—一九一四～一九三六—』（名古屋大学出版会、一九八九年）
『戦後日本の対外金融—三六〇円レートの成立と終焉—』（名古屋大学出版会、二〇〇九年）
『なぜ金融危機はくり返すのか—国際比較と歴史比較からの検討—』（旬報社、二〇一〇年）
『金融危機は再びやってくる—世界経済のメカニズム—』（岩波書店、二〇一二年）

歴史文化ライブラリー
511

戦後文学のみた〈高度成長〉

二〇二〇年（令和二）十一月一日　第一刷発行

著　者　伊《い》藤《とう》正《まさ》直《なお》
発行者　吉川道郎
発行所　株式会社　吉川弘文館
東京都文京区本郷七丁目二番八号
郵便番号一一三—〇〇三三
電話〇三—三八一三—九一五一〈代表〉
振替口座〇〇一〇〇—五—二四四
http://www.yoshikawa-k.co.jp/
印刷＝株式会社 平文社
製本＝ナショナル製本協同組合
装幀＝清水良洋・高橋奈々

ISBN978-4-642-05911-4

歴史文化ライブラリー

1996.10

刊行のことば

現今の日本および国際社会は、さまざまな面で大変動の時代を迎えておりますが、近づきつつある二十一世紀は人類史の到達点として、物質的な繁栄のみならず文化や自然・社会環境を謳歌できる平和な社会でなければなりません。しかしながら高度成長・技術革新にともなう急激な変貌は「自己本位な刹那主義」の風潮を生みだし、先人が築いてきた歴史や文化に学ぶ余裕もなく、いまだ明るい人類の将来が展望できていないようにも見えます。このような状況を踏まえ、よりよい二十一世紀社会を築くために、人類誕生から現在に至る「人類の遺産・教訓」としてのあらゆる分野の歴史と文化を「歴史文化ライブラリー」として刊行することといたしました。

小社は、安政四年（一八五七）の創業以来、一貫して歴史学を中心とした専門出版社として書籍を刊行しつづけてまいりました。その経験を生かし、学問成果にもとづいた本叢書を刊行し社会的要請に応えて行きたいと考えております。

現代は、マスメディアが発達した高度情報化社会といわれますが、私どもはあくまでも活字を主体とした出版こそ、ものの本質を考える基礎と信じ、本叢書をとおして社会に訴えてまいりたいと思います。これから生まれでる一冊一冊が、それぞれの読者を知的冒険の旅へと誘い、希望に満ちた人類の未来を構築する糧となれば幸いです。

吉川弘文館

歴史文化ライブラリー

近・現代史

歴史文化ライブラリー